MAUVAIS SANG

www.actes-sud-junior.fr

Éditeur : François Martin assisté de Noémie Seux-Sorek
Directeur de création : Kamy Pakdel
Maquette : Catherine Fantini et Christelle Grossin

ISBN 978-2-330-14480-7
Loi 49-956 du 16 juillet 1949 sur les publications destinées à la jeunesse.

MAUVAIS SANG

CATHERINE DABADIE

ACTES SUD junior

À Jeanne, Hippolyte et Romane.

1

La nuit avait coulé comme du chocolat fondant sur les toits hérissés d'antennes paraboliques et sur les trottoirs défoncés. Seuls les réverbères encore debout trouaient le noir avec leurs lumières blafardes.

Riccardo m'avait pris les jumelles des mains et auscultait la rue située à quelques mètres, bordée de pavillons aux volets clos. À cette heure-ci de la nuit, plus personne ne traînait dehors malgré la chaleur encore pesante. Le silence était opaque. Même les chiens avaient cessé leurs aboiements. Soudain, les phares d'un véhicule ont percé l'obscurité.

– Mate-moi l'engin !

Un 4×4 aux jantes chromées et aux pneus épais s'était engagé dans la rue et roulait au pas.

– BMW, X5 hybride, belle ligne de toit, a détaillé Riccardo, en fin connaisseur.

Le véhicule a freiné à la hauteur de la première habitation, devant une grille en fer forgé terminée par des dorures tape-à-l'œil. Le temps d'une rapide manœuvre, il s'est garé le long du trottoir. On avait planqué la moto derrière les arbres, de l'autre côté de la rue, là où le bitume cède la place à la forêt. Dans le noir, nos silhouettes ne pouvaient pas attirer l'attention, sauf si le conducteur de la voiture était du genre vigilant.

Mais il ne l'était pas. Il est sorti du 4×4 sans même jeter un coup d'œil autour de lui, a commandé la fermeture de la portière puis a fouillé dans ses poches avant d'en sortir un bip. Les grilles d'entrée se sont ouvertes dans un cliquetis métallique.

– Toi, mon gars, j'espère que t'as pris une bonne assurance auto, a ricané Riccardo.

L'homme s'est engagé dans la courte allée menant à la porte d'entrée. Quelques secondes après, des lumières ont filtré à l'étage à travers les persiennes. On s'est donné encore dix minutes, le temps que la maison replonge dans la pénombre.

– À toi l'honneur, m'a soufflé Riccardo.

J'ai rabattu la capuche de mon sweat-shirt sur la tête et empoigné les bidons. Vite. Courir jusqu'au véhicule, ne penser à rien. Il ne m'a fallu que quelques secondes pour dévisser le bouchon, faire gicler l'essence sur l'asphalte et sur le capot du véhicule, les salissant d'une pellicule visqueuse.

Ma main avait appris à ne pas trembler. La première allumette a été la bonne, je l'ai jetée dans le filet d'essence qui serpentait jusqu'au pneu. La voiture s'est embrasée, faisant jaillir des flammes dans le ciel, dans une odeur écœurante de caoutchouc brûlé et de carburant. La chaleur m'a fait reculer d'un pas et j'ai contemplé le feu qui courait sur le capot et commençait son travail de sape, réduisant le véhicule à un amas de ferraille.

– Allez, on se tire !

La voix de Riccardo, impérieuse, m'a sorti de mon hébétude.

Déjà, des volets s'étaient ouverts et des exclamations fusaient. J'ai eu à peine le temps de sauter à l'arrière de la moto. Riccardo est parti à plein régime, fuyant les pleurs et les cris qui déchiraient la nuit.

– *Salute !*

Riccardo a choqué son verre contre le mien avant de le porter à ses lèvres. Il en était déjà à sa deuxième vodka et j'étais prêt à parier que ce ne serait pas sa dernière.

On venait de dévaler la route en lacets qui descend des crêtes jusqu'à la mer. Vingt minutes de vitesse et d'inconscience, tête nue, le visage offert au vent, avec encore le goût du brûlé dans la gorge. Sans flics à nos trousses. C'était du travail bien fait et sans bavure, il fallait bien fêter ça.

Le seul endroit pour trinquer à cette heure avancée de la nuit, c'était la trattoria de Nino, à la pointe extrême de l'anse, où venaient s'échouer les buveurs, les noctambules, et tous ceux qui avaient quelque chose à cacher, comme nous.

Riccardo a descendu son verre en quelques secondes. Il buvait trop, roulait trop vite, portait trop d'or à son cou et regardait trop souvent les filles. L'oncle faisait tout dans l'excès. Le *nonno* (mon grand-père) le rappelait à l'ordre : l'alcool ça brouille le jugement, pire encore que les femmes. Mais Riccardo ne l'écoutait pas et le *nonno* n'insistait pas. Après tout, il n'avait rien à lui reprocher côté business.

Mon regard s'est arrêté sur ses mains larges comme des spatules, ses yeux petits et fendus, toujours aux aguets, et son cou épais pareil à celui d'un taureau, où se détachait un tatouage en forme d'étoile. Un tic zébrait son visage à intervalles réguliers. Il a passé sa main sur son crâne et ce geste familier m'a fait irrésistiblement penser à mon père.

Mon père que je n'avais pas vu depuis une éternité. Comme s'il avait lu dans mes pensées, Riccardo s'est tourné vers moi.

– T'as reçu la réponse ?

J'ai acquiescé de la tête.

– La demande a été rejetée.

On a continué à boire en silence. Que pouvait-on ajouter ?

J'ai essayé de chasser les flammes de l'incendie qui dansaient encore devant mes yeux et Riccardo s'est mis à parcourir les tables de son regard d'aigle, toujours aux aguets. Je savais exactement ce qu'il cherchait et je devinais qu'il allait être déçu. Cette nuit, il y avait pas mal de monde attablé chez Nino, pour échapper à la chaleur brûlante comme un fer à repasser. Mais aucune fille à l'horizon, sauf la serveuse, entre deux âges, qui zigzaguait entre les tables d'un air revêche.

Riccardo a salué de la tête quelques hommes qu'il connaissait puis il s'est étiré, avec une moue de déception. Devant nous, au-delà du muret de pierre et des haies de bougainvilliers qui bordaient la terrasse, la plage se devinait, avec ses parasols repliés comme des soldats en faction. La mer, couleur noir café, tapie dans les recoins du sable, susurrait un chant doux et mouillé, celui du ressac.

– Et si on allait piquer une tête ?

Riccardo n'a pas attendu ma réponse. Il est parti au pas de charge sur la plage, son troisième verre de vodka à la main. J'ai dû courir pour le rattraper. Le souffle chaud et agressif du sirocco soulevait le sable qui venait titiller mes narines. On a commencé à déboutonner nos pantalons en rigolant grassement quand une voix forte a percé la nuit.

– Hé, toi !

C'était la serveuse. Elle était montée sur le muret pour mieux se faire entendre.

– Tu peux te mettre à poil si ça te chante, mais d'abord, tu viens payer tes verres et celui du gamin !

Le gamin, j'ai supposé que c'était moi puisque mon oncle a dix ans de plus. J'ai regardé Riccardo, qui s'était figé, les mâchoires contractées. Il a semblé hésiter quelques instants, comme s'il n'était pas certain de vouloir renoncer à sa baignade pour un détail aussi futile qu'une femme mal lunée. Puis il s'est retourné et, lentement, a fait demi-tour en direction de la serveuse, toujours perchée sur son muret.

J'ai fait la grimace. Mais elle sortait d'où celle-là ? Elle savait ce qu'elle faisait ? Elle était folle ou simplement ignorante ? J'ai empoigné la manche de Riccardo, j'avais eu ma part de tension pour ce soir.

– Allez, c'est rien, laisse tomber.

Mais Riccardo a ignoré mes appels au calme et s'est planté devant la fille, le visage fermé.

– Tu sais à qui tu parles, là ?

Riccardo avait haussé le ton pour que tous les clients du bar l'entendent. Les conversations se sont consumées dans le silence. Tous les yeux étaient braqués sur nous. Ça allait saigner, ils s'en doutaient. Mais la fille s'entêtait, sans se laisser impressionner par le ton menaçant.

– Je parle à un mec qui ferait mieux de régler sa conso.

La main de Riccardo puissante, hargneuse, s'est abattue sur sa joue. Sous le choc, la serveuse a perdu l'équilibre et sa tête est venue heurter l'angle du muret. Quand elle s'est relevée, sa lèvre, déchirée, pissait le sang. J'ai voulu m'avancer pour la relever mais Riccardo m'a barré la route avec son bras.

Sur la terrasse, personne n'osait bouger. La serveuse s'est mise à gémir, sous le coup de la douleur et du choc. Alerté par les clients, le patron du bar est sorti de son établissement. Indifférent au spectacle de son employée à terre, il s'est précipité vers nous.

– Je suis désolé, monsieur Riccardo, elle est nouvelle, elle ne sait pas ! répétait-il en boucle, en faisant de grands moulinets avec ses bras.

– Je sais pas quoi ? gémissait la serveuse en hoquetant et en tamponnant ses lèvres ensanglantées avec un mouchoir.

– Ce monsieur, c'est Riccardo, le frère de Carlo Galliprano. Et là c'est le fils de Carlo, Giacomo. Ce sont des gens à qui tu dois le respect, tu as compris ?

À l'évocation du nom de mon père, les yeux de la serveuse se sont agrandis.

– T'as compris ? a répété le patron, avec servilité.

Incapable de parler, la serveuse a fait oui de la tête.

D'un geste, l'homme nous a invités à nous asseoir, il allait nous offrir une petite compensation, une liqueur d'exception qu'il gardait dans sa cave. Des gouttes de sueur perlaient sur son front. Riccardo a posé sa main sur son épaule et sa poigne n'avait rien d'amical. Il a eu un sourire menaçant.

– Tes serveuses, Nino, il va falloir mieux les sélectionner si tu veux que ta boutique continue de tourner. Pigé ?

Nino avait pigé et il a promis.

– Celle-là, dès demain, je la vire !

Il s'est gardé de nous réclamer le paiement de nos consommations et après le dernier verre d'alcool, il nous a raccompagnés à la moto, comme un domestique escortant ses maîtres.

Toute cette courtisanerie, ça ne m'a pas dérangé. Depuis le temps qu'on me le serinait dans la famille : j'étais l'héritier d'une dynastie et j'avais droit aux honneurs et aux privilèges. Même si mon royaume avait la circonférence de trois gros villages. Et même si j'avais à peine treize ans.

2

Une nuit, il y a deux ans, les flics ont débarqué chez nous en pleine nuit et c'est comme si un boulet de canon était venu s'écraser sur ma vie. Depuis je n'ai plus jamais bien dormi.

Ils sont arrivés à dix, avec cagoules, armes au poing et gilets pare-balles. Une vraie démonstration de force. Notre maison n'était pourtant pas bien grande, à peine un étage et demi, le deuxième n'a jamais été terminé. Rien qui vaille la peine de convoquer le ban et l'arrière-ban de la défense nationale.

Ils ont mis la maison sens dessus dessous mais de façon très méthodique, pièce par pièce, jetant par terre les tiroirs et leur contenu, désossant les armoires, crevant les matelas, dévissant les tringles des rideaux.

Ma mère était blanche comme la peau de la Madone accrochée au-dessus de la porte d'entrée. Moi aussi j'étais paniqué, mais mon père m'avait intimé l'ordre de rester calme. Pas question pour moi de pleurer comme une fillette. J'ai ravalé mes pleurs et mes interrogations.

Les flics ont fait monter la pression et ont joué à quitte ou double.

– Galliprano, tu collabores ou tu préfères que ton fils passe la nuit debout ?

Mon père a opté pour la deuxième option. Il s'est installé dans un fauteuil près de la fenêtre et s'est mis à contempler la *via latinae*, comme il appelait la nuit étoilée.

– Vous voulez du café ? a-t-il demandé crânement.

J'ai eu l'impression d'assister à un cambriolage en direct. Sauf que nos assaillants ne semblaient pas vouloir emporter grand-chose, en tout cas ni la télévision à écran plat, ni le lecteur DVD, ni les bouteilles de champagne, ni même la Rolex qui traînait sur la table de la cuisine. Apparemment, ils étaient à la recherche d'un butin précis.

Ils ont fini par le trouver, sur les coups de cinq heures du matin. Et à leur mine, j'ai vu qu'ils étaient plutôt contents. Je ne me souviens plus de tous les détails, à cause de l'émotion qui brouillait tout, mais je les vois descendre l'escalier avec trois pistolets, qu'ils ont soigneusement glissés dans des sacs en plastique. Des Beretta, comme ceux que j'avais vus dans certaines séries policières. Mais ce sont surtout les billets de banque qui restent gravés dans mon esprit. Il y en avait des liasses et des liasses.

– Près de cent mille euros, ont-ils glissé au juge qui attendait, posté devant l'entrée.

– Ils étaient où ?

– Sous les lattes du parquet de la salle de bains, au pied du miroir.

À l'exact endroit où je me passais du gel dans les cheveux, chaque matin.

Le juge s'est approché de mon père, qui continuait d'observer le ciel étoilé, et lui a notifié son placement en garde à vue. Celui-ci n'a pas jugé bon d'ouvrir la bouche, sauf lorsque les policiers lui ont empoigné les bras.

– Pas de menottes devant ma femme et mon fils !

Le ton était impérieux, les forces de l'ordre ont obtempéré. Mon père a voulu serrer ma mère dans ses bras, mais elle s'est dérobée.

– Sois fort et veille sur elle, m'a-t-il glissé à l'oreille, avant de me tapoter la nuque.

Sur le moment, je n'ai pas compris où il voulait en venir. Est-ce qu'il me demandait de prendre soin d'elle ou de la surveiller ? Tout devenait confus dans ma tête et comme j'étais perdu, j'ai pris la main de ma mère et je l'ai serrée violemment.

3

Je ne sais pas s'il y a un âge souhaitable pour dire la vérité aux enfants, mais à onze ans, je dois dire qu'elle a été difficile à avaler.

Je croyais que mon père travaillait comme carrossier à la sortie de la ville, j'ai découvert qu'il exerçait d'autres activités, beaucoup plus lucratives et beaucoup plus illégales aussi. C'est la présentatrice du journal télévisé qui m'a révélé la liste de ses activités parallèles, un soir que j'avais allumé le poste, juste avant le procès : vols, extorsions de fonds, trafic d'armes et délit d'association mafieuse. Et encore. Je n'ai pas tout saisi. Je dois dire que ça m'a scotché, que mon père ait autant de cordes à son arc. J'ai découvert qu'il avait une autre famille que la mienne, à laquelle il avait juré fidélité et obéissance, exactement comme il avait prêté serment devant le prêtre quand il s'était marié avec ma mère.

Le procès s'est ouvert en grande pompe au tribunal du chef-lieu de la région, avec des caméras de télévision et des journalistes venus de loin. Dans la presse, on expliquait que mon père occupait une place honorable dans la hiérarchie, en tant que petit parrain d'un clan mafieux. Dans les villages reculés des collines de Montamaro, on disait qu'il régnait même en maître.

– Ne lis pas ces saloperies ! avait rugi le *nonno*, en me voyant penché, tremblant, sur les articles de journaux que le facteur continuait de déposer devant la maison. Ton père est un homme de bien, un homme d'honneur, tout ce qu'il a fait, c'est pour vous et sa famille.

De quelle famille il parlait ? La mienne ou celle à qui mon père avait prêté serment sur le tard ? Je n'ai pas osé insister. Le *nonno* m'impressionnait toujours un peu avec sa crinière de lion et son regard qui ne laissait pas de place au doute. Un mot de trop et il vous dépeçait. Je le soupçonnais d'avoir lui aussi une double vie.

De tout le temps qu'a duré le procès, je n'ai pas mis les pieds au tribunal et je suis resté à la maison avec ma mère. Le soir, dans mon lit, j'essayais de superposer les deux images : celle de cet homme menotté, assis dans le box des accusés, sourire narquois, qui ignorait les questions des juges, et celle de mon père, qui faisait des passes de foot avec moi dans le fond du jardin le soir, avant le repas. Rien à faire, les deux photos ne collaient pas. Cet étranger présenté comme l'incarnation du mal ne pouvait pas être cet homme qui m'aimait.

Le soir, ma mère venait me dire bonsoir, s'asseyait sur mon lit, me caressait les cheveux et me suppliait à voix basse :

– Ne prends pas le même chemin que ton père, Giacomo, jure-moi !

Tous les soirs, je jurais. Mais je sentais monter en moi une haine contre les juges, les flics et tous ces gens qui disaient du mal de mon père et m'empêchaient de lui rendre visite en prison.

Ma mère aussi m'inspirait une bonne dose de rancœur. Elle m'avait berné pendant toutes ces années.

Alors sous les draps, tout en promettant, je croisais les doigts, je défaisais mon serment. Et quand le jugement a été rendu et mon père condamné à quinze ans de prison, j'ai cessé de promettre. De moi, il ne fallait plus rien attendre de bon.

4

J'avais mis mon téléphone en mode vibreur mais il a quand même réussi à me réveiller, parce que j'avais le sommeil léger comme une feuille d'aluminium. C'était Riccardo.

– Tu fous quoi ?

J'ai regardé ma montre et j'ai grimacé. Le rendez-vous. Je m'étais assoupi au petit matin. La faute à la PS4 et à cette insomnie qui ne me lâchait pas depuis l'incendie de la voiture. J'ai sauté sur mes pieds juste au moment où ma mère entrait dans la chambre.

– Pour une fois que je n'ai pas à te secouer !

J'ai haussé les épaules.

– Te réjouis pas trop, j'ai pas l'intention d'aller au collège.

La veille aussi j'avais séché les cours et probablement que demain, ce serait la même chose. L'école, je ne la fréquentais plus que par pointillés. Si on m'avait demandé ce que je faisais en histoire, j'aurais été bien incapable de dire si on étudiait l'Antiquité ou l'arrivée de Mussolini au pouvoir.

Le visage de ma mère s'est décomposé.

– Tu as déjà reçu deux avertissements !

J'ai farfouillé dans mes vêtements jetés en vrac dans l'armoire, sans vouloir lui répondre. La discussion allait tourner en rond, c'était toujours pareil.

– Tu entends ?

– Eh ben y en aura un troisième ! Qu'est-ce que ça peut bien faire ?

La voix de ma mère a dégringolé dans les graves, comme chaque fois qu'elle accusait le coup.

– Ça peut faire que si tu continues comme ça, tu risques l'exclusion.

– L'exclusion !

Cette fois, j'ai rigolé.

– Tu parles qu'elle osera, la proviseure ! Elle le paierait cher. Grand-père m'a dit qu'elle lui devait quelque chose et à mon avis…

Ma mère m'a coupé la parole, d'un ton sec :

– Qu'est-ce qu'il t'a raconté encore, ton grand-père ? Qu'est-ce qu'elle lui doit, cette femme ?

– Oh arrête, lâche-moi avec ça !

J'ai empoigné mon jean, ma serviette de bain, et je suis sorti de ma chambre en claquant la porte. Depuis la salle de bains attenante, je l'ai entendue pleurer mais comme cela devenait chronique, je ne voulais plus me laisser attendrir.

Mais j'ai quand même crié, à travers la cloison :

– Aujourd'hui, j'ai un truc à faire, mais demain, j'irai.

Les pleurs n'ont pas cessé pour autant. Ma mère avait appris à ne pas me croire.

Quand j'ai rejoint Riccardo, à fond sur mon *motorino**, j'avais quinze minutes de retard. Mon oncle m'a jeté un regard contrarié. Ce genre de retard pouvait faire chavirer nos plans.

Il m'avait donné rendez-vous à l'entrée d'un petit centre commercial, à quelques mètres des premiers restaurants du *lungomare*** qui s'étalaient face à la mer limpide. En levant les yeux, on apercevait la vieille bourgade encore endormie, cramponnée à la falaise, avec ses maisons couleur de sable imbriquées les unes dans les autres et les venelles qui dégringolaient comme des veines rouges de fleurs jusqu'à la partie basse de la ville.

– J'ai galéré à trouver.

L'excuse était un peu bidon, je connaissais la région comme ma poche. Une inquiétude poisseuse ralentissait mes mouvements, sans que je sache pourquoi. Riccardo a haussé les épaules mais n'a pas insisté. On s'est dirigés vers les trattorias dont les grilles en fer étaient encore baissées à cette heure matinale. Un seul établissement avait déjà ouvert sa baie vitrée et

* Scooter.

** Front de mer.

déployé un store en toile orange, pour lutter contre le soleil qui promettait de faire des ravages. Sur sa terrasse, un homme d'une soixantaine d'années installait des chaises en plastique sur lesquelles il déposait des coussins bleus comme la mer qui scintillait, juste en face.

– Roberto Persiflore. Il nous doit du fric.

Il voulait parler du *pizzo*, l'opération de racket que l'on menait régulièrement chez les commerçants, les restaurateurs et les entrepreneurs de la région pour qu'ils nous versent une partie de leurs recettes. Aucun d'entre eux n'osait nous dénoncer, par crainte des représailles. L'omerta imposait son silence. Et si certains résistaient, on passait aux menaces, on brûlait leurs véhicules. En général, ils finissaient tous par se plier à la règle.

On s'est avancés vers les tables, nos lunettes de soleil sur les yeux, l'air de rien, comme si on avait l'intention d'aller déguster un *tartufo nero**. Le restaurateur a levé des yeux surpris, en voyant débarquer ces deux promeneurs matinaux.

– Désolé, les gars, ce n'est pas encore ouvert.

– Ça tombe bien, on vient te faire une petite visite en privé.

Riccardo et moi, on lui a empoigné les bras et on l'a poussé à l'intérieur de son établissement, sans qu'il

* Dessert glacé calabrais.

ait le temps de réagir. J'ai donné un tour de clé dans la serrure de la porte, pour éviter le dérangement.

Le commerçant a tout de suite compris où on voulait en venir. Il a blêmi.

Riccardo l'a plaqué sans ménagement contre le mur tandis que je faisais un tour d'inspection rapide de la salle et que je vérifiais qu'il n'y avait pas de caméras de surveillance. J'ai fait un signe du pouce, un code entre nous : personne en vue.

– Dis-moi, Roberto, la dernière fois qu'on s'est vus, c'était quand exactement ?

Riccardo avait commencé son interrogatoire.

– Le 2 mars.

– Et on t'avait donné combien de temps pour payer ?

Le restaurateur n'a pas bronché. Il restait plaqué dos au mur, les épaules comme plâtrées. Mais ses mains tremblaient.

– Je répète ma question. On t'avait donné combien de temps ?

Riccardo a fait craquer les doigts de sa main. Les mâchoires de Roberto Persiflore se sont légèrement affaissées.

– Deux mois.

– Tu vois, on a été plutôt sympas avec toi. Le problème c'est que… Riccardo a consulté son téléphone portable, faisant mine de chercher. On est le 25 mai, il est 9 h 32 minutes et je n'ai toujours pas reçu les six mille euros que je t'avais demandés.

Le commerçant le regardait fixement. Dans ses yeux, je lisais l'affolement.

– Tu ne serais pas en train de te foutre de notre gueule, par hasard ?

La voix de Riccardo s'était faite plus dure.

– Je… J'ai des difficultés en ce moment, je ne peux pas réunir la somme.

Riccardo a écarté un pan de son blouson pour que Roberto Persiflore visualise le pistolet coincé dans la ceinture de son pantalon.

– Je te conseille de me filer rapidement l'argent ou je ne réponds plus de mes actes.

Pendant une longue minute, le silence s'est installé, plus lourd que du plomb.

– Je n'ai rien.

Cette fois-ci, le restaurateur avait répondu de façon plus ferme et Riccardo a eu un instant d'hésitation avant de riposter :

– C'est ce qu'on va voir.

Il m'a adressé un bref signe de la tête. C'était à moi d'entrer en scène. J'avais déjà repéré la caisse enregistreuse derrière le comptoir dont j'ai fait sauter le verrou du tiroir sans difficulté. Il était vide, si l'on excluait deux billets de cinquante euros.

J'ai vu le visage de mon oncle virer au brun colère. Il détestait être mis en difficulté et dans ce cas, la situation pouvait dégénérer. Vite, il fallait que je trouve quelque chose. De l'argent liquide, il devait forcément y en avoir parce qu'on était à la fin du mois et qu'ici, les salaires se payaient de la main à la main. Mes yeux ont balayé les étagères au-dessus du comptoir et un détail a fini par accrocher mon regard. Une petite boîte en osier dépassait d'une rangée de vieilles bouteilles. J'ai compté les billets à l'intérieur. Bingo ! Il y en avait pour un sacré paquet.

– Alors tu vois que t'en avais, du fric !

J'ai agité la liasse de billets sous le nez du commerçant, en mimant les attitudes de Riccardo.

Roberto Persiflore a pâli, d'un coup.

– Non, ça c'est pour ma fille ! Faut pas y toucher ! J'en ai besoin pour payer son université ! Je vous en prie, elle part à l'étranger, c'est son avenir…

Riccardo s'est mis à ricaner.

– T'es pas le seul à avoir des problèmes de famille, tu sais ! Nous aussi on a des femmes et des enfants qui comptent sur nous.

Là-dessus, il a empoché l'argent et s'est dirigé vers la porte en me faisant signe de le suivre.

– Rendez-moi ça ! Vous n'avez pas le droit !

Par désespoir, l'homme s'était jeté par-derrière sur Riccardo, pour lui arracher les billets. Pris par surprise, mon oncle a basculé en arrière. Sans réfléchir, j'ai attrapé l'agresseur par le col mais l'homme avait de la vigueur, et même si j'étais costaud pour mon âge, je n'ai pas fait le poids. Un coup de poing m'a envoyé valdinguer sur une table. J'ai heurté les assiettes, qui se sont fracassées au sol et moi avec.

J'ai eu à peine le temps de me relever que j'ai vu Riccardo empoigner un long rouleau à pâtisserie, accroché au-dessus de la cheminée. Un coup violent a envoyé Roberto Persiflore au sol. L'homme s'est effondré dans un bruit sourd. Un instant, ses yeux hébétés ont fixé les miens puis il a perdu connaissance. Je me suis penché sur lui. Il respirait encore.

D'un geste brusque, Riccardo m'a relevé et a essuyé d'un revers de main le sang qui coulait de mon nez.

– Ça va ?

Mes jambes me portaient à peine. Je regardais comme à travers une vitre floutée cet homme qui gisait au sol, les yeux fermés, le visage blanc comme de la cire. Le col de sa chemise déchiré laissait entrevoir une blessure au niveau de la nuque, d'où s'échappait un filet de sang qui se faufilait entre les rainures du carrelage, de plus en plus épais.

Je flottais dans un nuage d'irréalité.

– Il, il…

Les mots ne sortaient pas de ma bouche.

– Il est rien du tout ! a coupé Riccardo, avant de se tourner vers la victime : Si tu t'avises de parler… c'est pas à l'université qu'elle ira, ta fille !

Avec son index, il a fait semblant de tirer sur la détente. Comme si son agresseur était en mesure de l'entendre ! Il m'a empoigné le bras, m'a poussé jusqu'à la porte de service, m'a fait traverser la cuisine en courant puis la cour arrière du restaurant qui s'ouvrait sur une ruelle.

– Il faut appeler les secours ! On peut pas le laisser comme ça !

J'ai stoppé ma course, incapable de mettre un pied devant l'autre.

– T'as viré enfant de chœur ? Avance ou je t'en colle une !

C'était comme dans la commedia dell'arte de mon enfance, quand l'acteur changeait de masque en coulisse et, après avoir été Colombine, se transformait en Scaramouche. Riccardo avait cessé d'être mon oncle et me montrait le visage du criminel.

On a fui la ville aussi vite qu'on a pu, lancés à fond sur nos engins, et on a pris la route criblée de nids-de-poule qui grimpe vers le massif montagneux, pour éviter la nationale : à cette heure-là, il y avait toujours un flic pour y traîner. À l'orée de la forêt bordée de mélèzes, Riccardo m'a fait signe de m'arrêter.

Je me suis mis à claquer des dents.

– OK, la première fois, ça peut être impressionnant mais pas de quoi se mettre la tête à l'envers. On dirait que t'es passé sous un train !

Je scrutais un point invisible droit devant moi.

– Et s'il parle ?

Riccardo a ricané.

– Il parlera pas. Et de toute façon, avec ce que je lui ai mis…

J'ai essayé de contenir la pointe d'angoisse dans ma voix.

– Qu'est-ce que tu veux dire par là ? Il va mourir ?

Mon oncle a émis un sifflement sec avec ses lèvres, comme chaque fois qu'il perdait patience.

Il a esquivé ma question.

– Arrête de jouer les gosses. Tu rentres chez toi, tu mates un bon film et tu oublies tout, pigé ? S'il y a un problème, tu m'appelles.

Là-dessus, il a jeté un coup d'œil rapide à sa montre, a balisé la route de son regard de rapace puis est parti en trombe.

Je n'avais aucune envie de me mettre devant un écran, j'avais les nerfs tendus comme la corde d'une arbalète. J'ai caché ma Vespa sous les arbres et je me suis écroulé au pied des mélèzes. Pendant de longues minutes, j'ai observé les rayons du soleil se frayer un chemin dans le treillis formé par les branches.

Agir comme une machine, ne pas me poser de questions. C'était la consigne que m'avait transmise mon père du fond de sa prison.

À cette hauteur, j'apercevais au loin les ferrys et les voiliers glisser comme des escargots perdus sur une toile de mer bleue. Au-dessus de moi, les branches se sont mises à ployer doucement sous l'effet d'un vent léger, venu du large. Tout était si calme, alors que ma tête était balayée par la tempête.

J'ai fermé les yeux un instant, pour essayer de chasser la vision de l'homme étendu à mes pieds, baignant dans une mare de sang. Mais même comme ça, ma rétine explosait en milliers de flashs. À l'aide, à l'aide !... Je l'entendais hurler dans mes oreilles.

J'ai attrapé mon téléphone et j'ai composé en hâte le numéro des urgences.

– C'est pour signaler un blessé. C'est très grave... Il faut faire vite.

À toute allure, j'ai donné l'adresse. Mon interlocutrice a voulu en savoir plus.

– Jeune homme, peux-tu me donner ton nom s'il te plaît ? Tu es sur place ? Tu es en mesure de me donner plus de détails ?

Non, je ne pouvais pas. Devant l'assaut de questions, j'ai raccroché et jeté le téléphone dans les fourrés même s'il n'y avait pas de risque ; avec un vieux téléphone à carte prépayée, je n'étais pas géolocalisable.

Je suis redescendu jusqu'au petit belvédère surplombant la mer à une dizaine de mètres de hauteur. J'ai enlevé mon jean et je me suis approché du bord de la falaise. En contrebas, l'eau scintillait, transparente, inoffensive, attirante. Ici, le saut pouvait se pratiquer sans danger, sans risque de se fracasser sur un rocher, à condition de garder le corps raide, les bras collés au buste. J'aimais anticiper la chute dans ma tête. La bouffée de peur et d'excitation, l'attraction terrestre qui aimante les jambes vers le bas, l'impact sur l'eau, pareil à un claquement de fouet, brûlant la peau parfois. Le corps comme un boulet de canon qui perfore l'eau et s'en va rouler dans les profondeurs.

Les sauts depuis la falaise, c'était une passion que je tenais de ma mère. C'était elle qui m'avait appris à me précipiter dans le vide, droit comme une tige de plomb, puis à faire des culbutes, des flips à trois mètres, à sept mètres, puis dix mètres… Elle étudiait mes envols, mesurait ma vitesse, m'apprenait à évaluer la profondeur des fonds, à contrôler ma respiration. Parfois aussi, elle plongeait, le corps ployé en avant, ou se lançait à la verticale, ses longs cheveux dansant dans l'air. Elle me disait que ça lui rappelait son adolescence, quand elle s'échappait dans les collines, comme une sauvageonne.

Dans ces moments, ma mère se fragmentait dans mon esprit. Comment était-il possible qu'une fille comme elle, capable de se jeter dans le vide, soit devenue une mère au foyer soumise et mutique ? Je ne voyais qu'une explication : mon père avait brisé son élan.

J'ai pris une impulsion et je me suis élancé dans la lumière du soleil, le corps propulsé à l'avant, et l'esprit en position off, enfin.

Plus tard, après avoir plongé, crawlé pour regagner le rivage et remonté à pied le sentier jusqu'en haut de la falaise, je suis resté un long moment à observer la mer. Des stries blanches, comme de grosses coutures, abîmaient maintenant la surface de l'eau qui commençait à virer au gris argent. Probablement qu'au large le vent avait forci et que les bateaux tanguaient sous l'effet de la houle.

Les courants pouvaient être violents par ici. Quand j'étais jeune, ma mère me racontait les déboires d'Ulysse, le marin grec qui avait failli périr un peu plus loin, sur le détroit, là où la mer se resserre comme un goulot. Tout ça à cause de l'horrible Charybde, ce monstre marin qui engloutissait les flots, et surtout de l'épouvantable Scylla avec ses six têtes et sa triple rangée de dents, qui dévorait les équipages de marins passant à proximité de son antre. Petit, on me disait que si je n'étais pas sage, elle allait venir me dévorer, comme les autres.

Scylla… J'ai pensé à la forteresse en ruine, en équilibre sur son éperon rocheux, au sommet du massif. On y grimpait parfois avec mes parents, après l'interminable repas du dimanche en famille en compagnie du *nonno*, de la *nonna* et de la foule des cousins. On s'asseyait au pied d'un vieil olivier, avec sa vue plongeante sur le détroit, en sirotant des verres de granité de citron que ma mère gardait au frais dans une glacière en plastique. Mon père promettait qu'un jour, on embarquerait tous les trois pour faire le tour du monde. J'étais prêt à le suivre aveuglément dans tous ses projets, même s'il n'avait jamais mis les pieds sur un voilier. Partir à l'aventure comme Ulysse, malgré l'horrible Scylla, malgré l'inexpérience du marin, moi ça m'allait.

Mais tout cela, c'était au temps où il ne s'était pas marié avec son clan.

J'ai pris la route de la forteresse en me frayant un chemin à travers les châtaigniers. Un brouillard couleur blanc brouillé rampait depuis la mer, recouvrant de son manteau la pointe des arbres. Lorsque je suis arrivé au pied de la fortification en pierres noires, j'ai immédiatement reconnu le monstre à six têtes, sculpté dans l'arche du portail. J'ai fait le tour de l'édifice abandonné, perché au-dessus du village comme un oiseau fatigué, en cherchant à retrouver la clarté heureuse de mon enfance. Le vieil olivier avait disparu. Le parc avait perdu ses couleurs acidulées, ses odeurs exubérantes, ses rangées de citronniers et ses allées de bougainvilliers. Il n'était plus qu'une étendue brune, desséchée et stérile. Les murs de l'enceinte étaient attaqués par des plantes qui semblaient vouloir tout dévorer sur leur passage, même les interstices de vide. Plus rien n'était comme avant.

5

Pour l'occasion, la nappe en dentelle brodée par ma grand-mère avait été sortie du buffet et les verres de Murano soigneusement alignés sur un plateau argenté. Et moi, j'étais sapé comme pour un mariage, avec une chemise blanche et de ridicules mocassins en cuir. Ces anniversaires, je ne comprenais pas pourquoi il fallait en faire tout un plat.

À table, on m'avait attribué la place d'honneur, celle qu'aurait dû occuper mon père s'il avait obtenu une permission de sortie exceptionnelle. Mais fallait pas rêver, on ne lui avait rien accordé du tout. Ma mère s'affairait autour des convives, et n'avait pas mis son couvert à table, sans que ça gêne personne, et surtout pas le *nonno*. La place des femmes était à la cuisine, c'était une affaire entendue. Seule ma grand-mère bénéficiait d'un régime de faveur à cause de son grand âge : on l'avait installée à côté de moi, toute ratatinée dans sa robe éternellement noire, et perdue dans des paroles que plus personne ne cherchait à comprendre.

Une quantité impressionnante de plats s'étaient succédé, comme s'il s'agissait de nourrir la population du Soudan. Pourtant, il n'y avait qu'une vingtaine d'hommes réunis autour de la table, des membres de la famille, des cousins, des voisins ou des amis proches. Je n'avais pas invité de copains ; à force de ne pas fréquenter l'école, je les avais perdus de vue. Et puis Riccardo et le *nonno* m'avaient appris à garder les distances.

Mon grand-père s'est levé, et a porté un *brindisi* avec une voix autoritaire, en brandissant son verre d'un geste théâtral.

– À mon petit-fils, plus si petit que ça !

C'était le signal qu'on pouvait passer aux cadeaux. De mon père, toujours par des canaux secrets, j'ai reçu une liasse de billets destinée à me payer un scooter flambant neuf. Tant pis si je n'avais pas l'âge pour le conduire.

– Que les flics s'avisent de venir te coller une amende ! a glapi le *nonno*.

Tous les invités se sont mis à rire bruyamment, avant de poser à leur tour sur la table leurs offrandes : jeux vidéo, argent liquide, bracelet en or contreplaqué. J'étais gâté et je n'étais pas dupe. Ces cadeaux n'avaient rien de spontané. Pour tous, c'était une façon de faire allégeance au *nonno*, à Riccardo et à mon père, pour obtenir un jour ou l'autre une faveur, un travail, une place à l'hôpital pour un parent, l'ouverture d'un commerce…

Mon oncle est venu tapoter mon épaule.

– Bon anniversaire, mon grand !

Depuis le début du repas, je le trouvais nerveux et distant. Lui aussi aurait préféré fêter mon anniversaire dehors, sous le soleil cuisant de deux heures. Mais comme toujours, il fallait rester cloîtré, se dérober aux regards.

– Eh oh, Giacomo, tu rêves ? Elle est où ta mère ? Elle nous l'apporte, ce gâteau ?

La voix du grand-père m'a sorti de mes réflexions. Je me suis levé et dirigé vers la cuisine, où j'étais sûr de la trouver, à sa place naturelle, derrière les fourneaux.

La pièce était plongée dans le noir, les volets avaient été repliés et une petite flamme brillait, du côté de la table. Autour de ce foyer de lumière, je devinais sa silhouette et celle de mes jeunes cousines. Je me suis approché, poussé par la curiosité. Une *cassata* avait été dressée sur un plat en verre délicat, auréolée de la lumière tremblotante de quatorze bougies. Je raffolais de ce gâteau sicilien à la ricotta nappé de sucre et de fruits confits, que ma mère confectionnait chaque année pour mon anniversaire. Treize ans de bonheur gustatif renouvelé.

– *Tanti auguri a te, tanti auguri a te**...

Rassemblées autour du gâteau, toutes les trois chantaient à voix basse. Une boule est remontée de

* "Joyeux anniversaire..."

mon estomac à ma gorge. Je me suis tourné vers ma mère, dont le visage était éclairé par le scintillement des bougies.

– Mais c'est quoi, ce plan ? C'est mon anniversaire et tu souffles les bougies à ma place ?

Ma mère n'a pas daigné relever la tête et a continué de fredonner, comme si de rien n'était. C'est Chiara, la petite cousine, qui m'a jeté un morceau d'explication.

– Ta mère dit qu'on fête l'anniversaire avec l'ancien Giacomo, pas celui d'aujourd'hui. Celui d'aujourd'hui, c'est un gros bâtard.

– Chiara, parle pas comme ça !

Cette fois, ma mère avait réagi.

Dans le reflet scintillant des bougies, j'ai reconnu une photo de moi posée à côté du gâteau, du temps où j'étais encore un bambin. C'était complètement macabre comme mise en scène.

De colère, j'ai renversé la table. La *cassata* a effectué une courbe ascendante avant de s'écraser au sol dans un fracas de verre brisé. Les fillettes se sont mises à pousser des cris stridents comme des poulets qu'on égorge. Ma mère s'est levée, a allumé l'interrupteur et contemplé ce qui restait de ses longues heures de travail : un tas informe et gélatineux.

– Tu ne respectes plus rien, Giacomo.

Dans sa voix, il y avait une immense lassitude. J'ai remarqué les cernes qui creusaient son visage et le découragement qui assombrissait ses grands yeux noirs. J'aurais préféré une gifle à cet étalage de tristesse.

6

La nouvelle a agi comme un cataplasme sur ma conscience : Roberto Persiflore s'en était tiré, grâce à l'arrivée in extremis des secours à son domicile. Dans le journal, on racontait qu'il devait la vie à un appel anonyme.

Mais je n'ai pas pu me réjouir longtemps. Avec son réveil, Roberto Persiflore avait retrouvé sa langue et une sacrée dose de courage. Il avait brisé l'omerta, décrit ses agresseurs, évoqué le *pizzo* auquel il ne voulait plus se soumettre. Sa liberté de parole allait lui coûter sa liberté physique ; désormais, il était condamné à vivre avec une garde rapprochée et la crainte, permanente, de subir la vengeance de la mafia.

Portes qui claquent, gyrophares illuminant la façade de la maison… C'était comme dans ce film où le type se réveille tous les matins, bloqué dans la même journée de sa vie. J'avais l'impression de revivre toujours la même nuit. Les flics ont déboulé sur le coup de deux heures du matin, en commando armé, et le scénario s'est répété, à une différence près : les effectifs étaient beaucoup plus réduits que la première fois. À quatorze ans, je n'avais tout de même pas le pedigree de mon père. Pour ne pas perdre de temps, ils sont allés vérifier si je n'avais rien caché sous les lattes du plancher de la salle de bains. Puis ils ont éventré la maison, à la recherche de preuves supplémentaires justifiant mon arrestation.

Cette fois-ci, ma mère a rugi comme une lionne, ses longs cheveux noirs défaits tombant sur sa chemise de nuit qu'elle n'avait pas eu le temps de cacher sous des vêtements.

– Ne touchez pas à mon fils !

Mais c'était un cri d'impuissance car les policiers lui ont mis sous le nez le procès-verbal de Roberto Persiflore et ses accusations.

Pendant qu'ils continuaient de fouiller partout, j'ai tenté de prendre la pose comme mon père et de fixer les étoiles dans le firmament, mais je n'ai pas osé leur proposer une tasse de café.

Ma mère allait d'un flic à l'autre, affolée, et essayait de les amadouer.

– Il est encore petit, il s'est laissé entraîner ! Parfois, elle se contredisait : Il n'a rien fait ! Vous vous trompez. Vous n'avez rien contre lui. Ce document est truqué !

– Tais-toi !

Les hommes la rabrouaient, tout en continuant de jeter les tiroirs par terre et de démonter les meubles. J'ai quitté mon ciel sans étoiles et je l'ai entraînée un peu à l'écart.

– Maman, calme-toi, il faut prévenir Riccardo !

– Riccardo ?

Ma mère m'a regardé avec stupeur puis elle est partie d'un rire hystérique.

– Ton oncle est un envoyé du Mal !

Je n'ai pas répondu. Le visage de ma mère a chaviré au noir sombre.

– C'est toi qui as frappé cet homme ? Giacomo, regarde-moi ! C'est toi ? Tu es un criminel ?

– Maman, il faut dire à…

Je n'ai pas eu le temps de finir. Les flics m'ont empoigné par les bras, m'ont passé les menottes et m'ont poussé à l'extérieur de la maison. Je n'ai pas regardé en arrière, pour ne pas me laisser gagner par l'émotion et faire en sorte de me comporter en homme, comme mon père.

7

Mon procès s'est tenu à huis clos, parce que j'étais encore mineur. J'ai été condamné à six mois de détention pour complicité de tentative d'homicide et extorsion. À l'énoncé du jugement, ma mère s'est effondrée, victime d'un choc émotionnel, selon les pompiers qui l'ont transportée à l'hôpital. Riccardo, le principal accusé, s'était évaporé dans la nature, en cavale. Je n'ai jamais su comment il avait réussi à échapper à la perquisition de la police.

On m'a transféré dans un institut pénal pour mineurs, à soixante kilomètres de chez moi. L'endroit avait une certaine allure, avec sa façade d'ancien palais, ses mosaïques au sol, ses dorures au plafond et ses lustres d'époque. Mais à l'intérieur, ça n'avait rien d'un hôtel cinq étoiles. Ses pensionnaires avaient tous moins de vingt et un ans mais ils baignaient dans le crime organisé depuis déjà pas mal d'années, avaient la bagarre facile et le cran d'arrêt jamais très loin de leur lit.

On m'avait installé dans une cellule grillagée, avec un type qui passait sa journée le casque sur les oreilles. Les murs étaient peints en vert, de la couleur de l'espérance, mais moi, je voyais mon avenir en noir. Tous les jours, on me faisait descendre pour participer à des ateliers de céramique, de dessin, de musique ou de confection de pizza. Comme si j'avais l'intention de me convertir en pizzaïolo, en chanteur de rap ou en artiste peintre ! Les animateurs se pliaient en quatre pour nous donner le goût d'autre chose, et nous faire renoncer à nos réflexes de petites frappes. Avec certains détenus, ça marchait bien. Ils se mettaient à déballer leurs histoires de famille devant le psychologue, à gribouiller des pages pour se débarrasser de leurs souvenirs douloureux. Mais moi, je ne voulais pas entrer dans ce jeu-là, j'aurais eu l'impression de déchoir. J'étais l'héritier d'un empire familial, je devais tenir mon rang. Pas question de changer de vie, ni de rentrer dans le droit chemin. Et puis la prison, c'était un passage obligé, il fallait en être fier, m'avait souvent expliqué Riccardo, qui à mon âge s'était déjà retrouvé plusieurs fois derrière les barreaux. C'était comme gagner ses étoiles de général.

J'ai tenu bon, malgré les sollicitations bienveillantes.

Un matin, alors qu'il ne me restait plus qu'un mois de prison à purger, deux gardiens sont venus me tirer de mon lit.

– Le juge pour enfants veut te voir.

Il s'appelait Enzo Ruffo, il m'attendait dans une salle aux murs blancs, avec un gobelet de café en plastique devant lui. Pour un juge, il avait un drôle de look. Il me faisait penser au chanteur d'un groupe de rock anglais, avec ses cheveux roux en pétard, ses taches de rousseur et son accent qui n'était pas d'ici. Un casque de moto traînait sur son bureau en désordre, à côté d'un amoncellement de paquets de cigarettes.

Il m'a tendu la main. Je l'ai serrée, avec méfiance.

– Ça se passe comment ici, Giacomo ?

– De la bombe !

Le juge m'a examiné quelques minutes puis a jeté un coup d'œil rapide à mon dossier. Je voyais qu'il faisait semblant de lire. Mes exploits, il les connaissait déjà.

– J'ai quelque chose à te proposer.

– …

– Je voudrais prononcer une mesure d'éloignement.

J'ai ricané.

– Vous m'éloignez ? C'est quoi le plan ? Un voyage aux Bahamas ? Aux îles Fidji ?

Enzo Ruffo a sorti un paquet de cigarettes de la poche de sa veste.

– Ce ne sera pas si exotique, je regrette. On te propose de partir dans le Nord du pays, dans une famille d'accueil. Nous avons mis en place un programme spécial pour les jeunes comme toi, et…

– Une famille d'accueil ? Mais n'importe quoi, j'ai déjà une famille, moi !

Je me suis redressé sur mon fauteuil, inquiet. La conversation commençait à prendre une tournure qui ne me plaisait pas.

– La tienne est liée au crime organisé. Elle exerce sur toi une mauvaise influence éducative, on pense qu'il faut t'extraire de ton milieu pour te donner un futur et…

Je l'ai coupé, agacé :

– C'est quoi ce charabia ? Vous pouvez traduire ?

Le juge s'est penché vers moi, le visage grave.

– Ta famille t'apprend la violence, le mépris des règles, de la justice. Elle veut te persuader que la seule loi qui compte, c'est celle de la mafia. Elle t'endoctrine.

– Ma famille m'éduque comme elle veut.

Ses propos me mettaient mal à l'aise. Je ne m'étais jamais questionné sur ma famille. Elle me semblait normale, notre façon de vivre. On évoluait juste dans un monde différent, parallèle.

– Mais elle n'a pas le droit de décider pour toi, a poursuivi le juge. C'est ton choix, devenir un criminel ? Finir en prison comme ton père ? Mourir à vingt ans dans un règlement de comptes ?

La voix du magistrat s'était durcie. Je sentais la colère se diffuser dans mon corps.

– Et vous croyez qu'en m'exilant à trois cent mille kilomètres, ça va changer quelque chose ?

Le juge a sorti une cigarette de son paquet.

– Une chose est certaine. Si tu restes en prison, tu recommenceras à ta sortie. Parce que tu n'auras rien connu d'autre.

– Ça me va très bien comme ça. Ramenez-moi au trou. Vous ne savez rien de moi.

Je m'étais levé, au comble de l'exaspération. Le juge s'est levé à son tour, s'est approché de la fenêtre et a allumé sa cigarette. Je me suis demandé si c'était légal de fumer devant un détenu. Lui qui me faisait la leçon sur le respect des règles…

Et puis il s'est tourné vers moi.

– D'abord, tu vas en parler avec ta mère. Ensuite, nous verrons.

J'ai ricané, soulagé. Ma mère, j'en faisais mon affaire.

Elle m'attendait dans le parloir de l'institut, aménagé dans une ancienne chapelle encore décorée de sculptures et de tableaux. Comme si Dieu avait sa place ici. Un agent pénitentiaire s'est planté en faction devant la porte.

Ma mère était assise sur un banc, les yeux fixés sur un immense Christ cloué sur sa croix, qui semblait l'observer en retour.

Le sol en marbre a fait résonner mes pas plus que je ne le voulais.

– Giacomo !

Je l'ai laissée me serrer dans ses bras puis je me suis affalé sur le banc à côté d'elle.

– Ils veulent me coller dans une famille à dix mille bornes d'ici. Tu vas leur dire que c'est hors de question.

Ma mère s'est replongée dans la contemplation du Christ. Elle était vêtue de noir, elle m'a paru plus frêle que jamais, comme ces grands-mères qui promenaient leur deuil et leur silhouette ratatinée à longueur de saison. Elle avait à peine un peu plus de trente ans, je ne comprenais pas pourquoi elle voulait ressembler à une ombre.

– Moi, je pense que c'est une bonne chose.

Je me suis tourné vers elle, effaré.

– Tu dis quoi, là ?

– Tu mérites mieux que ta famille.

Elle avait parlé d'un ton calme et déterminé, sans quitter des yeux le crucifix en face d'elle. Et tout d'un coup, j'ai compris.

– T'es de mèche avec le juge, c'est ça ? Tu collabores avec lui ?

J'ai calé ma tête entre mes mains, comme si la pression de mes doigts allait remettre d'aplomb mes pensées qui s'agitaient comme des électrons libres dans mon crâne.

– Papa sera jamais d'accord avec ça. Je te préviens, il va t'empêcher de faire une chose pareille.

– Il n'empêchera rien du tout ! Il est en prison, il a perdu son autorité parentale sur toi. C'est moi qui décide maintenant !

Elle avait cessé sa conversation muette avec le Christ et s'était mise à parler avec virulence. C'était la première fois que je l'entendais s'exprimer sur ce ton.

– Et si je refuse, moi ?

Ma mère a semblé décontenancée.

– Si tu refuses de partir, alors je balancerai tout le monde, a-t-elle murmuré. Ton grand-père… J'ai de quoi l'envoyer en prison. Et ton père, il pourrait y rester plus longtemps encore. Quant à ton oncle, j'ai une idée de l'endroit où il se planque.

J'ai senti mon sang se figer dans mes veines.

– T'oseras jamais parler, parce qu'ils te tueront, tu le sais bien !

Elle n'a pas répondu. Soudain, j'ai compris. Elle était prête à tout, même à payer de sa vie. Elle ne me laissait pas le choix : pour la sauver, je devais m'exiler.

– C'est du chantage ! j'ai lancé, furieux.

– Je veux te sauver, Giacomo, tout simplement.

Doucement, ma mère a posé sa main sur ma tête. Je me suis dégagé, rageusement.

– Je ne te parlerai plus jamais, tu entends ?

– Je suis prête à ce sacrifice.

À nouveau, elle a regardé intensément le Christ en croix en face d'elle. Ma parole, elle se prenait pour une sainte de l'Église catholique ! Je n'avais plus rien à faire ici. J'ai fait signe à l'agent pénitentiaire toujours en faction de me ramener dans ma chambre.

8

J'avais posé une condition à mon départ : que je puisse saluer mon père. Le juge a accepté ma requête et il a fallu signer pas mal de papiers administratifs pour qu'enfin, je puisse me retrouver dans la longue file d'attente menant au parloir de la prison dans laquelle croupissait mon père. J'avais parcouru deux cents kilomètres à l'aube, mais je n'étais pas le seul. Autour de moi, des femmes et des enfants encombrés de paquets étaient venus de loin et patientaient dans la chaleur, sans chaise ni eau potable.

Dans ma tête, je repassais en boucle les phrases que je voulais prononcer, les mots soigneusement choisis depuis des jours, ni pleurnichards, ni trop bavards non plus. Mon père n'aimait pas les mauviettes, ni les grands discours.

Des mois que je ne l'avais pas vu.

Le matin, je m'étais soigneusement coiffé, j'avais enfilé une chemise blanche, pour lui faire honneur, lui qui était toujours tiré à quatre épingles. Je m'étais même aspergé d'eau de toilette, comme pour le jour de mon anniversaire.

Je me suis assis à une table de la grande salle commune, où on m'avait fait signe de m'installer. Autour de moi, ça bourdonnait. J'entendais des bribes de conversations émues, des exclamations de joie, des sanglots étouffés. Mon père est arrivé d'un pas fatigué et s'est assis lourdement en face de moi. Il portait un survêtement flottant qui ne lui allait pas du tout. Son visage s'était creusé et deux sillons barraient son front. Il avait perdu son assurance tranquille, il avait le regard fuyant et passait sans arrêt sa main sur ses cheveux, qu'il n'avait pas pris la peine de peigner.

Pour les effusions, c'était raté.

Je pensais qu'il allait s'étonner des dix centimètres que j'avais pris en six mois ou de l'ecchymose marron qui s'étalait sous mon œil, à cause d'un ballon de foot reçu en plein visage, au centre de détention. Mais il n'a rien remarqué de tout cela.

– Comment a-t-elle pu bafouer mon honneur !

Il avait jeté ces mots avec rage. Pendant quelques secondes, je suis demeuré interdit devant une telle entrée en matière. J'ai fait comme si je n'avais pas entendu.

– Papa, je te promets, tout ira bien. J'encaisse…

Mais il a haussé les épaules. J'ai senti comme une légère entaille dans mon cœur. J'ai voulu rattraper le coup, rembobiner la bande.

– Et toi ici… ce n'est pas trop long ?

Mais mon père avait les idées fixes.

– Elle va payer pour cet affront ! M'enlever mon fils ! Sans mon accord ! Me faire passer pour un faible !

Son visage s'était tordu sous le coup de la haine.

– T'aurais jamais dû te laisser commander par ta mère. T'es plus un gosse !

J'ai pâli. Ce qui lui importait, c'était son honneur bafoué, plus que le sort qui m'attendait, moi, à des centaines de kilomètres de la maison. J'ai attendu quelques instants, je voulais croire que je me trompais. Mon père allait se ressaisir, me poser des questions sur mes mois de vie en détention, me dire qu'il penserait à moi, là où je serais. Peut-être même qu'il reconnaîtrait que c'était la meilleure chose à faire, cet exil forcé.

– J'ai négocié ça avec le juge. Maman, elle y est pour rien, faut la laisser en dehors de tout ça.

J'ai jeté ces mots à l'improviste, pour mettre ma mère à l'abri et pour me faire exister, moi, un peu, dans cette histoire.

Mon père s'est renversé au fond de sa chaise et m'a dévisagé.

– Tu es bien sûr de ce que tu dis ?

Que je prenne des décisions en toute autonomie, visiblement, ça le dépassait. Je me suis senti encore plus vexé. Pourtant, j'aurais voulu lui dire qu'il avait raison, que j'étais dégoûté de partir, que je n'avais rien voulu de tout ça, que ma mère, c'était une vendue. Mes paroles sont parties dans une autre direction.

– Oui.

Mon père a scruté mon visage, à la recherche d'une faille, d'un cil qui bat trop vite ou un muscle qui se contracte. Il était imbattable pour détecter le mensonge sur le visage de ses adversaires. Selon sa théorie, le corps ne sait pas mentir. Mais je suis resté impassible.

– Pourquoi tu mens à ton père ?

Lentement, il a sorti un papier froissé de sa poche et me l'a tendu. J'ai immédiatement reconnu l'écriture penchée de ma mère. C'était une lettre, dans laquelle elle lui faisait part de la décision qu'elle avait prise, seule, en son âme et conscience.

Je me suis mordu la lèvre. Mon père n'a pas ajouté un mot et a fait signe au gardien que l'entretien entre lui et moi était terminé. J'ai senti une boule obstruer ma gorge.

9

Jusqu'au bout, jusqu'à ce qu'elle s'engouffre dans la voiture de la police, devant la porte de l'institut pénal, ma mère a espéré que je l'embrasse. Mais je n'ai pas dit un mot et je n'ai même pas levé le bras en signe d'au revoir quand les portières ont claqué. La colère avait broyé tous mes sentiments pour elle.

Ma mère bénéficiait d'un régime de protection spéciale et partait vers une destination tenue secrète. C'était le prix à payer pour sa collaboration avec le juge. Elle avait pactisé avec l'ennemi et pour cela, la vengeance de mon père planait désormais sur elle, comme elle pesait sur Persiflore. Mais ce charivari dans sa vie, elle l'avait bien voulu. Je n'allais pas la plaindre. Contrairement à ce qui était prévu par le programme judiciaire, j'avais refusé qu'elle m'accompagne dans mon exil et qu'elle trouve, elle aussi, une place dans la structure d'accueil que le juge avait trouvée pour moi.

À mon tour, je me suis dirigé vers la voiture qui allait m'emmener vers le nord, avec Enzo Ruffo et deux flics pour escorte. Toute cette garde rapprochée a accepté de faire un détour par mon village, le temps pour moi de rassembler quelques affaires dans ma chambre et d'aller embrasser ma grand-mère qui est restée inerte, l'œil éteint, malgré la présence de flics inconnus dans sa maison. Le *nonno*, lui, s'était évaporé dans les collines, sans doute par mesure de prudence et pour éviter des au revoir embarrassants.

Quand j'ai vu disparaître ma maison dans le virage, c'est comme si l'absence déjà lacérait mon cœur. J'ai essayé de tout photographier : les falaises blanches, la pinède comme un ruban vert au-dessus de la mer, les criques de sable et au loin le détroit où mon père m'avait promis de m'emmener un jour. J'ai ouvert grand la vitre arrière de la voiture. Je voulais respirer une dernière fois le vent chargé de sel. Mais ma bouche avait comme un goût de cendres.

Le juge s'est mis à dérouler le programme des mois à venir. La femme qui allait m'héberger avait une cinquantaine d'années, j'aurais ma chambre à moi et la possibilité d'aller dans une bonne école. C'était une vieille amie à lui, une femme remarquable, elle avait accepté cette mission à titre exceptionnel.

– Vous fatiguez pas, ça m'est complètement égal.

J'en avais pour des mois d'exil, donc des mois de trou noir, de parenthèse mentale. Je ne voulais rien savoir.

Le juge a allumé une cigarette.

– Pour ton nouveau prénom… tu as trouvé ?

– Otto.

Le nom avait surgi, comme ça. C'était le héros d'un des rares livres que me lisait mon père quand j'étais petit. Il lui arrivait des trucs atroces, à ce nounours. Il traversait la guerre, était ballotté d'un foyer à l'autre. Mais à la fin, il finissait par trouver un semblant de bonheur, ou plutôt, il cessait de souffrir. Quand on avait vécu le pire, on se contentait de peu.

On a roulé pendant des heures en direction du nord. Plus les kilomètres défilaient au compteur, plus le paysage se dépouillait de tout ce qui m'était familier : les jardins d'orangers, la mer azur, les façades éclaboussées de soleil. Les villages s'assombrissaient, devenaient pierreux, repliés sur eux-mêmes. La campagne a fait place à un défilé d'usines sinistres et d'entrepôts grisâtres. Et après cette succession déprimante de bitume, on a roulé pendant des heures dans une plaine, verte à gauche, verte à droite, monotone, interminable. Les oliviers de mon enfance avaient disparu, cédant la place à des peupliers austères, à l'humidité qui s'attaquait aux vitres, à la pluie qui avait fini par tomber. Les heures grignotaient mon moral. Bientôt des montagnes froides et hautaines sont apparues à l'horizon, pointues comme des pics à glace. La température avait baissé de quelques degrés, le soleil déclinait, un courant d'air froid s'est immiscé dans l'habitacle. J'ai fermé les yeux.

Quand je me suis réveillé, la nuit était tombée. La voiture cahotait, comme prise dans des ornières. J'ai jeté un œil vers l'extérieur. Le véhicule remontait péniblement un chemin de terre, d'un noir épais comme le fond d'un tunnel. Au loin, j'apercevais les lueurs d'une maison.

– Bienvenue au domaine de Pazienzia ! a lancé le juge.

Un domaine ? J'ai regardé avec plus d'attention à travers la vitre. À mesure que le chemin sortait des ténèbres en remontant vers la bâtisse éclairée, je distinguais des silhouettes de vignes qui semblaient se perdre dans les hauteurs. La voiture s'est arrêtée devant une bâtisse imposante tapissée de lierre et encadrée par deux immenses arbres qui tanguaient dans le vent. Malgré l'humidité, il flottait dans l'air une odeur presque tiède, un parfum de sous-bois.

Une silhouette est apparue dans l'encadrement de l'imposante porte d'entrée en bois.

– Quel temps épouvantable ! Des années que ça n'était pas arrivé. J'aurais voulu vous accueillir dans une nuit plus douce.

La femme qui s'est avancée vers nous portait un chemisier en soie et une jupe plissée. Ses cheveux que je devinais blonds ou blancs étaient relevés en un chignon soigné. Elle avait quelques kilos en trop et un sourire sans retenue. Elle m'a fait penser à une épouse de ministre ou de député, de celles qui posent dans les magazines people, avec un sécateur à la main dans le parc de leur résidence secondaire, sans avoir jamais arraché un arbuste de leur vie. C'était peut-être à cause du collier de perles qui descendait très bas sur sa poitrine ou de l'intonation de sa voix. Elle faisait chic.

Elle m'a serré vigoureusement dans ses bras.

– Bienvenue, mon garçon, j'espère que tu te plairas ici !

– Ça m'étonnerait.

C'est tout ce que j'ai trouvé à répondre. Le juge a toussoté.

– Goliarda, je te présente… Otto.

– Madame, vous pouvez me montrer ma chambre ?

Cette fois, j'ai essayé de parler poliment. Ce n'était pas pour faire bonne figure, mais pour marquer la distance, tout de suite.

– Si ça vous arrange, vous pouvez me donner les clés, j'ai ajouté.

Mon hôtesse a souri.

– Tu sais, ce n'est pas un hôtel ici !

J'ai regardé autour de moi les vignes qui s'étendaient à perte de vue. Sa réponse, immédiatement, m'a énervé.

– Ah ouais ? J'espère que c'est pas non plus un camp de travail !

Les deux adultes ont échangé un coup d'œil surpris.

– C'est pas parce que je sors de prison qu'on doit me faire travailler gratos. Je vous préviens tout de suite, y a pas écrit ouvrier agricole sur mon front.

Là-dessus, je me suis engouffré dans le vestibule. Tant pis pour les bonnes manières, ce n'était pas mon truc.

10

Le vent avait soufflé une bonne partie de la nuit avant de battre en retraite. J'avais mal dormi et j'étais de mauvaise humeur. J'ai ouvert les volets épais, aux gonds rouillés et grinçants tellement ils étaient vieux. Dehors, une mer de vigne brillait dans le soleil et montait comme une vague verte sur la montagne. Les derniers arpents étaient perchés très haut.

Cette constatation a décuplé ma grogne. J'ai tapé au hasard dans une vieille chaise en bois.

– Qu'elle s'avise, cette bourgeoise, de me prendre pour son larbin !

La veille au soir, je m'étais jeté dans le lit sans regarder autour de moi mais, à présent, la physionomie de la pièce m'apparaissait lentement dans la lueur pâle du matin : j'étais tombé dans une maison vieille époque. Une commode surmontée de marbre et un miroir tacheté faisaient face à mon lit, qui aurait pu être celui du roi Victor-Emmanuel avec ses formes alambiquées en bois. Les murs étaient recouverts d'une tapisserie démodée, avec des fils tressés assortis aux rideaux, qui tombaient lourdement jusqu'au plancher. Une odeur de bois et de cire flottait dans l'air. Je me suis approché d'un petit bureau, ancien lui aussi, sur lequel était posée la photo d'un jeune garçon.

Quand je suis descendu, je n'ai pas tout de suite identifié la mélodie qui s'échappait dans le couloir, mais c'était un morceau plombant, de ceux qu'on nous faisait écouter quand j'étais à l'école primaire, du genre Puccini ou Verdi. Je connaissais le chanteur, avec ses sanglots dans la voix et des mots à vous retourner le cœur, mais je n'arrivais plus à mettre un nom dessus.

Le juge finissait de prendre son petit-déjeuner dans la vaste salle à manger.

– Ça ne vous suffit pas de condamner vos clients à l'exil ? Vous avez besoin de les achever avec du Pavarotti ?

Ça y est, le nom m'était revenu.

Le juge a esquissé un sourire.

– D'abord, tu n'es pas mon client, Otto, je ne suis pas avocat. Je suis désolé, je ne voulais pas te soumettre à la torture avec *Turandot.*

Otto... je n'avais pas l'habitude qu'on m'appelle ainsi. Le juge s'est levé, est allé éteindre la musique et a regardé sa montre.

– Je dois repartir, j'ai de la route à faire. Tu m'accompagnes à la voiture ?

J'ai eu un pincement au cœur. Je ne pensais pas qu'il allait me lâcher aussi vite.

Dehors, le soleil avait définitivement séché la terre. Des parfums de jasmin embaumaient l'air autour de la maison, qui semblait plus accueillante que la veille, avec son toit en vieilles tuiles et ses volets peints dans un vert fané. Le juge a allumé une cigarette.

– Tu as de la chance d'être ici. Goliarda saura s'occuper de toi.

– Vous voulez peut-être que je vous remercie ? j'ai ricané.

Le juge m'a tendu une main, que je n'ai pas serrée.

– Prends soin de toi, Otto. Et appelle-moi dès que tu en ressens le besoin.

Quand j'ai vu sa voiture descendre lentement l'allée bordée de cyprès, ma poitrine s'est serrée. Quelque part, le juge était le cordon ombilical qui me reliait à ma vie d'avant. Maintenant, j'étais définitivement seul.

J'ai tressailli lorsque Goliarda a posé une main sur mon épaule.

– Tu veux faire le tour de la propriété ? Je vais te présenter aux autres.

Je l'ai regardée, surpris.

– Parce qu'il y a des gens ici ?

La maison était à ce point isolée que je m'étais imaginé qu'elle avait été bâtie à ma seule intention. Une prison agrémentée d'arbres et de fleurs, avec une gardienne haut de gamme.

Mon hôtesse s'est mise à rire.

– Je ne suis pas Wonder Woman ! Je ne peux pas produire du vin toute seule !

J'ai levé les yeux vers les vignes bien droites tendues sur leurs piquets, qui s'étageaient le long de murets en pierre, dans un alignement parfait.

– Six cents mètres de dénivelé, a expliqué la maîtresse du lieu comme si elle lisait dans mes pensées. Le travail est rude. Tout se fait à la main, sans l'aide des machines.

– Comptez pas sur moi pour…

– Je sais, je sais. Le travail, c'est pas ton truc.

Je ne comprenais pas comment on pouvait se compliquer la vie à ce point. Tout ça pour un peu de pinard. Comme si elle lisait dans mes pensées, la propriétaire a poursuivi :

– Tu sais, les choses les plus difficiles donnent souvent les meilleurs résultats.

Un instant, Goliarda a contemplé, pensive, ses plantations qui recouvraient la colline d'une pelisse verte. Un vent chaud et léger les faisait ondoyer dans le vent.

– Et je n'ai pas peur de dire que nous produisons un vin blanc parmi les meilleurs du pays. Viens, tu vas voir !

Elle m'a entraîné vers son chai, une bâtisse façon parallélépipède, en béton brut, dont la façade était percée d'une immense baie vitrée. De grandes lettres noires annonçaient : *Cantina di Pazienzia*. À l'intérieur, la température avait chuté d'au moins dix degrés.

Au sous-sol, j'ai eu l'impression d'entrer dans une crypte mortuaire, comme celle de la basilique Saint-Pierre à Rome où mon père m'avait emmené un jour. C'était peut-être à cause du silence qui y régnait, ou de l'alignement d'énormes barriques de bois, pareilles à des tombeaux.

– En général, les vins blancs se boivent jeunes. Mais nous, nous les laissons vieillir dix ans, parfois vingt. C'est une chose unique, m'a expliqué la propriétaire.

Il y avait du recueillement dans sa voix. Elle a ouvert un petit robinet dans la cuve et a laissé couler le liquide dans un grand verre à pied, en le regardant comme si c'était une coulée d'or.

– J'aime particulièrement cette cuvée… Très fruitée, peu agressive.

Je l'observais plonger son nez dans le verre, puis faire danser le vin avec un mouvement un peu fébrile. Je ne comprenais pas pourquoi elle faisait tous ces salamalecs et je ne voyais pas ce que je faisais ici à l'écouter déblatérer toutes ces choses auxquelles je ne comprenais rien.

– Ne me dis pas que tu vas le faire picoler !

J'ai sursauté et la propriétaire a failli lâcher son verre. Une voix forte, amusée, était sortie des entrailles de la crypte. Une femme a surgi dans la lumière du plafonnier, très grande, les épaules carrées, vêtue d'une salopette bleue. Elle avait des yeux malicieux et des cheveux roux qui partaient dans tous les sens. Elle a retiré sa casquette en secouant sa crinière et m'a tendu une main au moins aussi large que celle de Riccardo. Je ne sais pas pourquoi, elle me faisait penser à une fermière du Texas.

– Ciao ! Francesca.

J'étais interloqué.

– Ça t'amuse de nous faire peur ? a grommelé Goliarda.

– Pardon, *capo* !

Patronne ? Pour une employée, je la trouvais sacrément décontractée. Goliarda a cru bon de m'expliquer :

– Francesca travaille avec moi depuis les débuts, c'est mon adjointe.

– Et l'adjointe a faim ! Alors j'espère que la patronne lui a préparé un copieux petit-déjeuner !

Francesca est partie d'un rire tonitruant. Visiblement, elle en avait dans le pantalon, comme aurait dit le *nonno*. Il détestait ce genre de femme.

Tout de suite après, des bruits de talon ont résonné à l'étage et bientôt une jeune femme est apparue dans le tournant de l'escalier. Blonde, soigneusement peignée, les cheveux tirés en arrière, vêtue d'un tailleur. Un autre genre.

Elle s'est avancée vers moi timidement.

– Bonjour… Otto, c'est ça ?

– Voici Valentina, notre chef œnologue.

– Salut, petite fleur des champs ! lui a lancé Francesca.

La propriétaire a bu d'un trait son verre. Je croyais qu'on recrachait toujours, après une dégustation.

– Il ne manque plus que Ginevra, qui s'occupe de la comptabilité, et tu auras fait le tour du comité de direction du domaine ! a plaisanté Goliarda.

Un instant, j'ai cru que c'était une blague. Je les ai regardées, effaré.

– Mais alors… y a que des meufs ici !

Francesca s'est plantée devant moi, narquoise.

– Ben dans mon cas, ça n'a jamais été très clair. Mais disons que oui, dans l'ensemble, nous sommes toutes des femmes. Tu serais pas du genre gros macho, j'espère ?

Goliarda lui a fait les gros yeux et toutes les trois ont éclaté de rire. Elles se payaient ma tête, en plus. Je les ai plantées là et je suis remonté, furieux. Non seulement j'étais enfermé dans un trou paumé, mais en plus je devais obéir à un clan de jupons.

11

J'ai passé le premier week-end le nez collé à ma console de jeux, dans ma chambre où je me suis enfermé. Et les jours suivants je n'ai pas ouvert la bouche, les rares fois où je suis descendu dans la cuisine ou au salon. De guerre lasse, Goliarda a renoncé à engager un dialogue avec moi.

– Tu parleras quand tu en ressentiras l'envie. Je suis toujours dans le chai, ou dans les vignes.

Elle me fichait une paix royale. Pas comme le *nonno* ou Riccardo, qui m'envoyaient sans arrêt en mission, à racketter et réceptionner des armes, ou ma mère, qui avait toujours quelque chose à me reprocher. Ici, je pouvais aller et venir à ma guise, traîner au lit jusqu'à seize heures, m'affaler devant un film, mettre mes écouteurs. Paradoxalement, c'était la liberté. Sauf que je n'avais pas de Vespa, que le premier village était à quatre kilomètres et qu'une fois que je m'étais abruti devant les écrans, je ne savais plus quoi faire. Parfois, j'essayais d'entendre le ressac de la mer dans le vent agitant les branches des arbres.

Je devinais que les règles que suivait Goliarda pour ma réhabilitation n'étaient pas du genre homologuées. Elle n'insistait pas pour que je voie la psychologue, elle se dispensait de tout laïus sur l'éducation, et me laissait libre de faire ce que je voulais. La seule chose sur laquelle elle ne transigeait pas, c'était ma présence au collège, tous les jours. Elle m'amenait en voiture, venait me chercher, vérifiait ma présence.

Je ne comprenais pas pourquoi elle se donnait autant de mal sur ce point-là, mes débuts scolaires étaient catastrophiques. J'avais accumulé trop de retard, je ne comprenais rien à ces formules d'algèbre et à ces explications de textes touffues. Et puis je n'avais aucune envie de me mêler aux élèves. Eux non plus ne m'adressaient pas la parole. Entre nous, il y avait un mur invisible et infranchissable. Je voyais leur regard s'attarder sur ma montre Rolex, mon crâne rasé et mes survêts taille XXL.

– T'as vu son look ? On le croirait sorti de *Gomorra** !

S'ils savaient.

– Dommage, parce qu'il est beau gosse ! gloussaient les filles, qui semblaient tout droit échappées

* Série italienne se déroulant à Naples, opposant deux clans de la mafia napolitaine. Le style vestimentaire de certains personnages a inspiré des rappeurs.

d'un magazine de mode, avec leurs cheveux bien coiffés et leurs visages barbouillés de maquillage.

Leurs rires étaient teintés de crainte. Je les sentais mal à l'aise, les yeux rivés sur le couteau tatoué dans mon cou. Je me calais au fond de la classe, près du radiateur, et je sortais ma console de jeux. La plupart des profs me laissaient tranquilles eux aussi. Ils ne connaissaient pas non plus mon curriculum vitæ mais d'instinct, ils préféraient ne pas trop se frotter à moi, comme s'ils craignaient que je leur plante le canon d'un colt sur la tempe.

Fini les virées en Vespa, à pleine vitesse, sur la route de la falaise, avec la mer pour horizon et l'air qui brûle le torse. Fini les plongeons, en suspension entre le ciel et l'eau. Je rentrais désormais en voiture, sur des petites routes de campagne, dans des odeurs de crottin et de foin coupé. Je mettais mes écouteurs et je m'affalais sur un banc en pierre à l'arrière de la grande maison.

– Otto, tu viens nous donner un coup de main ? me lançait parfois Goliarda.

– Jamais.

Comme si j'allais me laisser commander par des femmes. J'étais sûr qu'elles le faisaient exprès. Tous leurs employés étaient des hommes, elles devaient prendre un malin plaisir à leur donner des ordres. Quelquefois, je voyais Goliarda déambuler seule au milieu de ses plantations, un verre à la main. Dans ces moments-là, j'avais l'impression qu'elle marchait à l'aveugle, sans but, les pieds dans son ombre. Il lui arrivait même de parler toute seule.

Je n'avais qu'une envie : m'en aller.

Une fin d'après-midi, Francesca est venue se planter devant moi, pendant que je faisais semblant de somnoler.

– T'as pas l'impression de rien faire de tes journées ?

– Ben si, et alors ?

– Alors si j'étais ta mère, je te ficherais un gros coup de pied aux fesses, espèce de paresseux.

– Ça tombe bien, t'es pas ma mère.

– La croix qu'elle porte, celle-là !

Je me suis levé d'un bond.

– Répète ce que t'as dit ?

– Tu veux faire quoi, gros dégourdi ? Me taper peut-être ?

C'était très exactement ça. Je lui ai donné un violent coup d'épaule, pour la faire tomber en arrière. Mais elle était faite de plomb, elle n'a pas vacillé d'un millimètre. Moi, en revanche, je suis allé m'étaler de tout mon long dans un arbuste lorsqu'elle m'a asséné un bon coup droit dans la mâchoire.

– Désolée, je prends pas de gants, j'ai pas reçu une bonne éducation. Un peu comme toi.

Le soir, j'avais un beau bleu et j'ai préféré rester dans ma chambre. Ce n'était pas la colère qui me retenait, mais la honte. Je m'étais fait aplatir par une femme, et le pire du pire, c'est que je l'avais bien mérité. Pour ma mère, elle avait sans doute raison.

12

C'était le premier cours de l'après-midi et j'étais presque en état de mort cérébrale. L'ennui avait envahi mon corps, gangrené mon cerveau et mes poumons. La journée était interminable, comme la précédente et celle d'avant encore. Depuis un moment, la prof d'italien s'agitait sur un texte incompréhensible et assommait la classe avec des questions de vocabulaire. Je la détestais, avec son ton pincé, son odeur de transpiration aigre et sa façon méprisante de s'adresser aux mauvais élèves comme moi.

– Qui m'explique le sens du mot "spolier" ? a-t-elle demandé d'un ton aigrelet.

Un grand gars hautain, avec un polo bien repassé, a levé le doigt.

– Merci Alessandro pour ta participation, mais je préfère qu'Otto me réponde.

La prof avait décidé de s'en prendre à moi. Peut-être parce qu'elle avait aperçu la console Nintendo que je tenais dans mes mains.

– Otto ?

J'ai eu un moment de flottement, car je n'étais pas sûr de vouloir lui répondre. La prof en a profité pour passer à l'attaque. Visiblement, elle avait décidé de m'humilier.

– Non ? Pas de réponse ?… Je m'en doutais. Nous sommes là dans un registre un peu trop sophistiqué pour toi !

Dans la classe, certains ont pouffé de rire, mais pas trop fort quand même. Ils ne voulaient pas avoir affaire à mes poings à la sortie des cours.

Dans un certain sens, elle avait raison, cette vieille chouette. J'avais lu trop peu de livres pour avoir une palette de vocabulaire très étendu. Sauf que ce mot-là, je le connaissais. Et tout son “champ lexical”, comme elle aurait dit, spoliation, altération des biens, soustraction frauduleuse. Tout ça grâce à ma famille, qui comptait quelques heures de compteur au tribunal.

– La définition de “spolier”, moi, je la donne sur le terrain, pas le doigt levé. Et encore moins quand on me parle sur ce ton.

C'était bien balancé comme vanne, j'ai trouvé.

Ma réponse a jeté un froid et j'ai senti des ondes d'interrogations parcourir la classe.

– T'as compris quoi, toi ? Il rackette ? j'ai entendu une fille murmurer à sa voisine.

La prof a blêmi, m'a empoigné le bras et m'a traîné dans le couloir. Je me suis laissé faire en ricanant, même si j'aurais pu la balayer d'un revers de main.

– Tu n'es qu'un imbécile, a signé entre les dents la vieille chouette. Les gens comme toi devraient rester dans leur fange, pas venir souiller les classes.

– C'est quoi la fange ? j'ai demandé avec un sourire insolent.

– La boue, liquide, sale. Ton environnement naturel, quoi.

J'ai encaissé le coup, comme un boxeur endurci. Mais dans mes poches, j'ai serré les poings.

Pour un placard du labo de chimie, il n'était vraiment pas sécurisé. D'un coup de canif, j'ai fait sauter la serrure. À l'intérieur, il n'y avait pas un grand choix, mais j'ai trouvé l'indispensable : un peu d'acide chlorhydrique liquide et de l'aluminium. J'avais récupéré de mon côté une bouteille en plastique. Il ne me restait plus qu'à mélanger le tout et fabriquer ma petite bombe artisanale à l'abri des regards. En fait de bombe, elle ressemblait davantage à un gros pétard, très inoffensif.

La cloche a sonné, les élèves se sont dispersés comme des essaims d'abeilles. J'en ai profité pour me faufiler à l'arrière du bâtiment, là où la prof d'italien garait sa vieille guimbarde. J'avais repéré qu'elle quittait toujours l'établissement la dernière, sans doute pour faire du zèle ou parce que personne ne l'attendait chez elle, avec sa tête de rapace.

Je l'ai vue fouiller dans ses poches à la recherche de ses clés et, au moment où elle s'apprêtait à entrer dans sa voiture, j'ai jeté mon petit engin pyrotechnique en direction d'un arbre. Le vacarme a été étourdissant. Belle déflagration. Comme je l'espérais, la vieille a poussé un cri strident et s'est aplatie par terre. Dans sa chute, ses lunettes se sont brisées et sa jupe s'est relevée, dévoilant des jambes toutes fripées.

J'ai souri, satisfait de ma petite opération. Mais en levant la tête, j'ai aperçu Alessandro qui m'observait depuis la fenêtre du premier étage, son téléphone pointé vers l'extérieur. Il avait filmé la scène. À son sourire narquois, j'ai compris que je n'allais pas m'en sortir aussi facilement.

13

J'aurais pu continuer longtemps à croupir dans mes pensées, à tourner sur moi-même comme un disque rayé. En vouloir au juge, à ma mère, à Goliarda, à l'école, aux profs et poursuivre ma ronde trébuchante, aveugle et malheureuse, sans jamais en voir le bout.

Ma mère m'avait toujours dit qu'il y avait des instants de grâce dans l'existence, des moments où l'âme a le soupçon de quelque chose de très beau ou de très bon qui donne soudain un sens à ce qui n'en avait pas jusqu'à présent. Je mettais ça sur le compte de ses envolées mystiques mais finalement, je me demande si elle n'avait pas raison.

C'est étrange la vie et cette façon qu'elle a de vous porter là où vous ne pensiez pas aller, par un enchaînement de causes à effets qui doit tout au hasard. Ou peut-être pas. Tout est question de point de vue. Si ce délateur d'Alessandro ne m'avait pas dénoncé devant les autorités du collège, je ne serais pas passé devant le conseil de discipline. Goliarda n'aurait pas supplié les professeurs de me donner une nouvelle chance, avec quelques bouteilles de bon vin à l'appui, qui ont fini de les convaincre.

Elle n'aurait jamais explosé de colère, de retour à Pazienzia.

– Mais tu cherches quoi au juste ? Tu sais que si tu continues comme ça, c'est pas l'exclusion qui te pend au nez, mais le retour au trou !

C'était la première fois que je l'entendais parler de cette façon.

– La vulgarité, ça ne vous va pas bien, j'ai lancé, bravache.

Elle m'aurait lapidé sur-le-champ si elle avait pu. Ses yeux brillaient de colère. Un instant, ses mains ont cherché le dossier de sa chaise et s'y sont agrippées. Il était évident que ce n'était pas le bois qu'elle voulait tordre, mais mon cou. Finalement, elle s'est jetée lourdement sur son fauteuil.

– Tu sais, Otto, je crois qu'on va appeler le juge. On s'est peut-être trompés, on n'y arrivera pas.

Nos regards se sont harponnés et l'instant d'après, je suis parti en claquant la porte.

J'ai traversé au pas de charge le domaine. Je suis passé en trombe devant Francesca et Ginevra, j'ai dévalé l'allée bordée de cyprès, j'ai franchi la grande grille en fer forgé et j'ai débouché sur la petite route longeant les pentes cultivées. Je ne pensais à rien, sauf au moyen de me tirer d'ici le plus vite possible, sans même attendre l'arrivée du juge. Peut-être qu'en faisant du stop ?...

J'ai marché un bon moment, sans croiser le moindre véhicule. Un soleil violent tombait à la verticale et brûlait mon visage. Je ruisselais. J'ai marché un kilomètre, la tête vide, les nerfs en pelote, jusqu'à me fatiguer du bitume, de la chaleur pareille à une friture, et vouloir m'allonger dans l'herbe, à l'ombre des arbres. Sur ma droite, j'ai aperçu une chapelle abandonnée et un petit chemin le long duquel serpentait un ruisseau.

J'ai suivi le cours d'eau, en cherchant un endroit pour me rafraîchir. Mais j'ai vite perdu sa trace dans les herbes hautes où, visiblement, il avait décidé de terminer sa course. J'ai continué à marcher, au hasard, sur le petit sentier bordé de genêts, où la température était plus supportable, jusqu'à ce que j'aperçoive, en contrebas, une drôle de construction de pierre. En m'approchant, j'ai découvert un petit amphithéâtre, comme ceux qu'on trouvait près de chez moi dans le Sud, de l'époque antique, avec des gradins usés par le temps et des pilastres à moitié effondrés. Ce qui m'a surpris, ce n'est pas de trouver un vestige pareil au milieu de ce décor champêtre. C'est de voir une fille, plantée au milieu de l'arène.

Ses cheveux avaient la couleur de l'or, elle portait une robe longue aux reflets nacrés, qui glissait derrière elle et soulevait des particules de poussière blanche brillant comme des paillettes dorées dans la lumière du soleil. Elle s'est mise à danser, gracieuse et aérienne, puis à parler au ciel en lui tendant un visage aussi pur que celui des vierges sur les fresques des églises.

J'étais tellement bouleversé que mon pied a trébuché sur une pierre. J'ai perdu l'équilibre et j'ai dégringolé sur plusieurs mètres. Quand je me suis redressé, ma main saignait.

La fille n'a pas semblé effrayée par ma présence. Elle a gravi les marches de pierre et s'est assise à côté de moi. Délicatement, elle a pris ma main et a passé un doigt sur ma blessure.

– Ça te fait mal ?

– Non.

Déjà, ses mains étaient comme une pommade cicatrisante.

– Attends !

D'un pas souple elle est redescendue. Elle a farfouillé dans un sac puis elle est remontée et, doucement, a tamponné ma blessure avec un peu d'eau et un mouchoir blanc. J'aurais voulu que l'opération dure des heures, mais le sang, très vite, a séché.

– Tu m'espionnais ?

Il n'y avait aucun reproche dans sa voix, bien au contraire. La fille a levé vers moi ses yeux gris clair et m'a souri. Je ne savais pas qu'on pouvait sourire de cette façon, avec autant de douceur. Mon père ne l'avait jamais fait, le *nonno* ne desserrait jamais ses lèvres. Le visage de ma mère, oui, parfois s'éclairait, mais il conservait toujours une part d'ombre.

Cette fille me souriait comme si on s'était déjà connus et qu'elle était contente de me retrouver. Tout son être irradiait et je l'ai laissée m'inonder de sa lumière. Je me suis demandé si c'était ça, un instant de grâce.

14

Le soleil éclairait d'une teinte orangée les arpents de vignes. J'avais marché pendant des heures à travers les champs vallonnés et les vieilles fermes en pierre dorée, à me remettre de cette apparition céleste et à refaire le film de chacune des minutes que j'avais passées avec elle. La chaleur avait tiré sa révérence, mais moi j'avais toujours le cœur dilaté.

J'étais comme en apesanteur quand je suis rentré au domaine. Dans le couloir d'entrée, Goliarda m'attendait. Son chignon habituellement impeccable était de guingois.

– J'ai appelé le juge, a-t-elle dit d'une voix blanche. Il viendra en fin de semaine.

Je me suis mordu les lèvres. Partir… je n'étais plus certain de le vouloir, en tout cas pas tout de suite. En quelques heures, la colère avait déserté le champ. Et dans mon cœur, je sentais qu'il y avait de la place pour quelque chose de nouveau, que je n'arrivais pas à définir.

Sans rien dire, j'ai gravi l'escalier mais à la moitié des marches, je me suis retourné.

– Pour le juge, on ne peut pas attendre encore un peu ?

Goliarda a semblé réfléchir quelques secondes.

– Si tu veux rester, il va falloir le mériter.

– Comment ?

– À toi de voir. Mais je te donne jusqu'à ce soir.

Et elle a tourné les talons. Pour la première fois, l'indulgente Goliarda perdait patience.

Je suis resté un moment perché sur mon escalier, dans un entre-deux, partagé entre l'envie de descendre au rez-de-chaussée pour participer à la vie de cette maison qui était désormais la mienne, et la tentation de me replier dans ma chambre, comme chaque soir.

Finalement, j'ai descendu les marches et je me suis dirigé vers la cuisine. Habituellement, je fuyais les repas et le mode de vie communautaire des filles, qui préparaient les menus à tour de rôle et restaient dîner tous les soirs. Quand elles m'avaient proposé de faire ma part de tâches culinaires, je m'étais énervé.

– Ça va pas, non ! Vous voulez quoi aussi ? Que je fasse la danse du ventre ?

Goliarda n'avait pas insisté, mais avait été très claire : dans ce cas, je pouvais emporter un peu de pain, de fromage et deux ou trois trucs à grignoter dans ma chambre mais je ne mettais pas les pieds sous la table. Chez elle, on ne se faisait pas servir.

Quand je suis entré dans la cuisine, Francesca s'attaquait au découpage des légumes, penchée sur le plan de travail.

– T'as décidé de t'y mettre ? m'a-t-elle demandé, sans lever le nez.

Elle avait posé la question pour la forme, sans y croire.

– Peut-être.

Surprise, Francesca a relevé la tête pour vérifier que je n'étais pas en train de rire. Elle m'a tendu une poignée de tomates.

– Alors tu peux me préparer une sauce tomate ? Je vais t'expliquer comment faire.

– Pas la peine.

Je savais parfaitement comment m'y prendre. Les plats que ma mère préparait dans sa cuisine à longueur de journée depuis des années, je les avais mémorisés. Tout comme je savais comment couper, faire frire, cuire, réduire. À l'heure de me mettre aux fourneaux, tous les gestes me revenaient, familiers. Il m'a suffi de faire remonter les souvenirs heureux. J'ai attrapé les tomates, je les ai émondées, puis j'ai pelé une tête d'ail et haché un peu de basilic.

Francesca m'observait du coin de l'œil, médusée.

– Mais tu sais cuisiner en plus !

– S'il te reste des tomates, je peux te faire une soupe froide aussi. Avec des croûtons de polenta grillés, c'est hyper bon. Ma mère la prépare comme ça, elle y ajoute aussi une pointe de vinaigre balsamique.

Francesca est partie d'un grand éclat de rire.

– Il est incroyable, celui-là ! Il s'offense dès qu'on lui demande de toucher une casserole alors qu'il cuisine comme une vraie mamma !

J'ai grommelé. On a fait du bon boulot tous les deux, je crois même qu'on s'est surpassés, chacun essayant d'épater l'autre. J'ai concocté des roulés de *prosciutto* et Francesca un rôti de porc farci à la sauge. Sous la tonnelle du jardin, où le couvert avait été installé, des applaudissements ont accueilli nos préparations culinaires que nous avons disposées cérémonieusement sur deux grands plateaux.

– C'est un festin ! Regarde-moi ces oignons parfaitement caramélisés ! s'est enthousiasmée Valentina.

Goliarda, elle, n'a rien dit. Elle a eu un léger sourire et elle est allée chercher une bouteille de vin dans le cellier.

– Ça mérite un bon pinot noir. Un verre, pas plus.

J'avais déjà ma petite expérience en matière d'alcool, mais je n'ai rien dit. C'était la première fois que je m'asseyais à table au milieu d'un aréopage de filles, moi qui avais toujours dîné en compagnie de mon père, du *nonno* et de Riccardo. Dans l'air flottait une odeur anisée de fenouil sauvage, comme celui que cueillait ma mère sur les hauteurs près de chez nous. Mon regard s'est attardé sur les vignes et leurs branches noueuses qui frémissaient dans le vent qui s'était levé. Le soleil avait basculé de l'autre côté de la colline, des vapeurs d'air frais flottaient dans l'air. Je commençais à m'habituer à ce paysage noyé de vert jusqu'à l'infini.

– Mon grand-père dit que la place des femmes est à la cuisine, pas à la tête d'une entreprise…

Je ne sais pas pourquoi j'ai lâché ça. Je me suis mordu la langue.

Goliarda a souri.

– Mon père pensait ça aussi, d'une certaine façon. Elle a hésité avant de poursuivre : Mais j'avais envie de creuser mon propre sillon.

– Vous avez plutôt bien réussi !

Goliarda a eu un sourire un peu crispé.

– Au prix de pas mal de sacrifices. J'ai divorcé de mon mari, qui ne me voyait pas un autre avenir que celui de mère au foyer. Et mon père ne m'a plus jamais parlé.

– C'est pour ça qu'il n'y a que des femmes ici ? Vous êtes fâchées avec les hommes ?

Mon hôtesse a éclaté de rire.

– Mais non, je les aime bien ! Mais ils ont tendance à dicter leurs choix. Je voulais être libre.

Soudain, j'ai fait le rapprochement avec ma mère. Elle aussi avait voulu briser ses chaînes. En fin de compte, son accord avec le juge était un acte de rébellion, sacrément courageux. J'ai compris tout à coup que je ne pouvais pas tout gâcher.

J'ai bredouillé :

– Et pour le juge, alors ?

Goliarda a relevé autour de son cou son châle élégant, puis elle m'a tapoté l'épaule.

– Je crois que tu vas rester encore un peu, mais à condition de respecter les règles de la maison à l'avenir.

J'ai acquiescé de la tête, j'avais compris.

On s'est arrêtés de parler. Le vent léger a fait danser la nappe blanche. J'ai regardé furtivement sous la table, pour m'assurer que le *nonno* n'était pas planqué dessous. S'il avait pu, il aurait tué cette femme à mains nues.

15

Pour m'adapter aux règles et aussi parce que j'en avais envie, j'ai commencé à aider les filles dans les vignes. Les soubresauts du thermomètre annonçaient la fin du printemps et il fallait faire vite pour préparer les plantations avant l'arrivée des premières chaleurs.

Après les cours, je grimpais sur les hauteurs. À cinq, on n'était pas de trop pour couper, sarcler, enlever les mauvaises herbes. J'avais les doigts en sang, les jambes courbaturées mais j'aimais respirer l'odeur de réglisse des plantations et ce labeur, en plein air, faisait du bien à mes nuits. Pour la première fois depuis très longtemps, je dormais paisiblement, sans être assailli par ces cauchemars où planaient toujours l'ombre de mon père en prison, celles de Riccardo en cavale et de Roberto Persiflore, la tête en sang.

On travaillait tard, jusqu'à ce que le soleil décline, derrière la colline. Puis on préparait le repas, à tour de rôle.

Mais le mercredi suivant, quand je suis rentré de l'école à midi, j'ai demandé la permission de faire une entorse à mon emploi du temps. Depuis une semaine, je n'attendais que ça, retourner à l'amphithéâtre.

– Où tu vas ? m'a demandé Francesca, qui m'a vu dégringoler la colline en courant.

– Trop compliqué à expliquer mais je serai là pour préparer le dîner !

Je suis parti au pas de charge et j'ai refait le chemin que j'avais emprunté une semaine plus tôt – la chapelle abandonnée, le ruisseau, le sentier bordé de genêts… Derrière les branchages, au-dessus de l'amphithéâtre, je me suis caché comme un voleur.

Elle était là, les pieds nus sur les dalles de pierre rongées par les herbes, vêtue d'une robe à volants. Comme la première fois, elle parlait seule et déambulait en faisant de grands gestes. Sa voix avait des modulations incroyables, elle passait du chuchotement au cri, comme si elle s'adressait à une foule de spectateurs. Un instant, elle s'est interrompue et a regardé dans ma direction.

J'ai retenu mon souffle et je l'ai écoutée réciter :

– *Qui es-tu ? D'où viens-tu ? Présent ici. Encore ? Me vois-tu ? Me connais-tu** ?

Elle avait une façon parfaite d'articuler, j'étais épaté.

* Extrait de *Il bacio del morto* de Giovanni Pascoli.

– Alors ?

Plantée au milieu de la scène, elle attendait une réplique. Peut-être qu'il y avait un acteur que je ne voyais pas ? J'ai tendu légèrement le cou pour essayer de mieux distinguer les alentours.

– Oh ! C'est à toi que je m'adresse !

Elle tendait son bras vers les buissons derrière lesquels je me planquais.

– Tu sais, en général les spectateurs s'assoient sur les gradins, pas dans les fourrés !

Je suis descendu avec une tête de coupable.

Elle m'a semblé encore plus belle que la première fois, ses cheveux relevés en un chignon délicat. Elle m'a tendu une main, avec un air un peu grandiloquent.

– Livia.

– Giac… enfin Otto.

– Bon puisque tu es là, Otto, autant que tu serves à quelque chose. Tu vas me donner la réplique.

Je l'ai regardée avec des yeux ronds, en me demandant si j'avais bien compris sa demande. Elle m'a tendu un cahier à spirale, avec un texte imprimé et des marques au feutre fluorescent.

Je me dandinais sur mes deux pieds, incapable de surmonter mon embarras. J'avais connu des situations stressantes dans ma vie, mais pas de cette intensité.

– Je sais pas… C'est chaud, là, ce que tu me demandes !

– *Le Cid ?* Chaud ? Ils s'échangent même pas un baiser !

J'étais à la fois déçu de l'information et en panique totale. Je sentais mes mains gagnées par la transpiration. Livia s'est penchée vers moi, je pouvais presque toucher ses cheveux. Elle m'a montré les passages que je devais lire.

– Je te résume : Rodrigue et Chimène s'aiment. Mais il y a cette gifle qui vient tout gâcher. Rodrigue a un père très, très rigide sur les questions d'honneur, qui lui demande de le venger, en tuant le père de Chimène. Du coup, Chimène demande au roi la tête de son amoureux, même si elle est raide dingue de lui. Tu suis ?

Je suivais. J'avais même l'impression de bien maîtriser la question.

– Son père, il est de quel clan ? Sicilien ? Calabrais ?

Livia a haussé les épaules.

– Non pas du tout, c'est un gentilhomme espagnol. Pourquoi tu dis ça ?

– Laisse tomber.

Un instant encore, j'ai hésité. Mais au point où j'en étais… Depuis une semaine, je faisais la cuisine pour des femmes, je pouvais bien me mettre à déclamer des vers. Je me suis mis dans la peau de ce gentilhomme qui s'appelait Rodrigue et qui avait beau être fou amoureux, il n'en démordait pas : l'honneur avant tout.

J'avais la gestuelle d'un automate, la tête plongée dans mon cahier pour suivre le texte. Mais je sentais quelque chose palpiter au creux de mon estomac. Surtout lorsque Chimène s'approchait de moi, les yeux dévorés d'amour contenu. C'était un truc de dingue, le théâtre ! Une fille qui ne t'aurait même pas regardé dans la rue venait te prendre la main, là, et la poser sur son cœur en disant des mots insensés. J'avais les jambes en coton.

À la fin de la scène, j'ai posé la question comme si je venais de passer l'oral d'un examen.

– Alors ?

– Alors, pour une première fois, ça pourrait être pire.

Livia m'a fait un clin d'œil malicieux puis a attrapé mon poignet pour regarder l'heure sur ma Rolex. Elle s'est dépêchée de tout ranger.

– Et… tu crois qu'il y aura une deuxième fois ? j'ai bafouillé.

– Ben oui ! Qu'est-ce qui nous en empêcherait ? a-t-elle demandé d'un ton joyeux.

Réciter des vers au milieu de la nature avec un inconnu tatoué jusqu'au cou ne lui posait aucun problème. Cette fille était surnaturelle. J'ai cru qu'elle allait déployer ses ailes et s'élever dans les airs, mais non. Elle a empoigné son sac et enfourché sa bicyclette, en poussant un juron parce qu'elle s'était cogné le tibia. Elle était bien faite de chair et d'os.

16

Francesca conduisait comme elle parlait, c'est-à-dire affranchie des codes de bonne conduite. Son pick-up Toyota a dévalé la petite route descendant jusqu'au village sans respect des limites de vitesse. Quand elle s'est engagée en trombe sur l'autoroute en quittant la bretelle d'accès, c'est à peine si elle a jeté un coup d'œil dans le rétroviseur.

– Faudrait peut-être appuyer sur le frein de temps en temps, j'ai marmonné, vaguement inquiet.

J'avais l'habitude des excès de vitesse, mais avec Francesca, on avait franchi un palier dans la dinguerie au volant.

– Sur les routes de montagne, je lève le pied. Tous ces lacets, ça me donne le tournis.

Comme si ça pouvait me rassurer. Francesca a appuyé sur l'accélérateur. J'ai croisé les doigts pour que les roues soient correctement gonflées et qu'elles ne perdent pas leur adhérence. En moins de vingt minutes, on est arrivés à la ville et, dix minutes après,

Francesca s'est garée devant un entrepôt de pièces détachées. Elle a claqué la portière de son pick-up si violemment que j'ai cru qu'elle allait se déboîter. Cette fille avait une force surhumaine.

– T'es sûr que tu sais changer une batterie de tracteur ? m'a-t-elle demandé, tout en donnant un coup dans la carrosserie pour remettre en place le phare à l'avant qui menaçait de tomber.

J'ai souri. En matière de mécanique, j'avais reçu une formation sur le tas de première catégorie avec Riccardo. Je savais tout faire, même démarrer des voitures sans utiliser une clé de contact.

– Je te fais ça sans problème, mais à une condition.

Francesca a soupiré.

– Je me doutais bien qu'un type comme toi négociait toujours ses services.

Cette fois, j'ai éclaté de rire, mais c'était pour masquer ma gêne, parce que le service en question, je ne savais pas comment le formuler.

– Bon, tu veux quoi ? Un tour au bowling ? Une virée au centre commercial ?

J'ai passé une main sur mon crâne.

– J'aimerais qu'on s'arrête dans une librairie.

– Hein ?

Francesca a scruté mon visage à la recherche d'un indice. Ma demande ne collait pas avec la représentation mentale qu'elle se faisait de moi. Il devait y avoir une intention louche derrière.

– Quel genre de livre ? Si c'est pour acheter un magazine non homologué, genre avec des nichons, compte pas sur moi.

J'ai tapoté nerveusement contre la vitre du pick-up, de plus en plus mal à l'aise.

– Non, c'est une pièce de théâtre française, ça s'appelle *Le Cid*.

– *Le Cid ?*

Je lui aurais annoncé que je venais de recevoir le prix Nobel de littérature, elle ne m'aurait pas regardé avec moins d'incrédulité.

– Ça m'étonnerait que ce truc-là figure au programme scolaire ! Un peu trop compliqué pour tes neurones. Tu t'es pas trompé de titre ?

Je me suis raclé la gorge.

– C'est pas pour l'école, c'est pour moi.

– Tu lis du théâtre français ? Toi ?

Et elle insistait, en plus.

– De deux choses l'une. Soit tu t'injectes des substances hallucinogènes et tu subis un dédoublement grave de personnalité, soit…

– Soit ?

– Soit je sais pas.

J'ai fait craquer les cinq doigts de ma main, je sentais la confusion faire monter le rouge à mon front.

– Bon, tu me l'achètes ou pas ?

Francesca a enlevé sa casquette pour secouer ses boucles rousses puis a soupiré.

– Décidément, j'ai du mal à te cerner, petit.

Moi aussi je dois dire, j'avais du mal à me cerner. La géométrie de mon cerveau se modifiait. Mes pensées ne tournaient plus rond. Elles s'échappaient du cercle, lancées sur une ligne droite, en route vers l'inconnu.

17

J'avais beau être en avance, Livia était arrivée avant moi et m'attendait, assise sur les gradins, en fredonnant une chanson. J'aurais pu passer des heures à la regarder à travers le feuillage. Quand je me suis assis à côté d'elle, elle a sorti de son sac une chemise blanche et une veste rouge sang.

– Tout ce que tu veux, mais je m'habille pas avec des fringues du Moyen Âge, j'ai bougonné.

– C'est pour que tu croies au personnage !

Livia me regardait avec ses grands yeux gris clair.

– Rodrigue, as-tu du cœur ? elle a murmuré en s'approchant de moi, mutine.

Il m'a fallu faire un effort surhumain pour ne pas céder à sa demande, tellement elle était irrésistible. Elle a fini par remballer ses affaires, en soupirant.

– Mais tu sors d'où pour être si coincé ?

J'ai souri un peu bêtement.

– Alors ? Tu sors d'où ?

Son regard, curieux, était rivé sur moi. Elle attendait une réponse, je ne pouvais pas me débiner. J'ai bricolé une histoire, entre mensonge et vérité, dans laquelle je tenais le rôle de la victime. Les méchants, c'étaient mes parents, qui se déchiraient dans un divorce compliqué et qui m'avaient envoyé temporairement au domaine de Pazienzia.

– Et toi ? j'ai demandé pour vite détourner l'attention.

À son tour, Livia m'a fait un bref résumé de sa vie. Si bref que j'ai pensé qu'elle avait peut-être des choses à cacher, elle aussi. Elle faisait ses études dans un collège éloigné et le reste du temps, elle vivait dans le village en contrebas avec son père menuisier. Dans deux semaines, elle passait une audition de fin d'année avec l'appui de son club de théâtre, pour pouvoir entrer dans un lycée qui proposait une option théâtre. Rodrigue et Chimène, c'était une épreuve vitale pour elle.

– Je veux être comédienne plus tard.

Forcément. Cette fille ne pouvait pas vivre les pieds sur terre.

– Et toi, tu veux faire quoi de ta vie ?

J'ai passé ma main sur ma tête, en le regrettant aussitôt. Je n'allais quand même pas hériter du même tic que Riccardo et mon père. Mais c'était complètement déstabilisant comme question.

– Oh moi, c'est un peu flou encore.

– Alors dans ce cas, profitons du moment présent !

Livia m'a pris par la main et m'a entraîné vers l'arène de l'amphithéâtre, où elle avait installé une drôle de construction en bois qui laissait passer la lumière : un moucharabieh, fabriqué par son père, pour rappeler les décors de l'Espagne. Moi, je n'écoutais pas trop les explications scéniques qu'elle me donnait.

Rien que la chaleur de ses doigts mêlés aux miens… mon cœur s'est mis à battre au rythme de tambours africains. Je l'ai regardée enfiler sa robe de princesse par-dessus son pantalon.

– Tu m'aides à fermer ?

Livia s'était retournée et me montrait son dos. Boutonner une robe de fille, je ne savais pas faire. Ses cheveux longs s'emmêlaient à mes doigts, je devais les dégager délicatement, en prenant soin de ne pas effleurer son dos. J'avais le cœur qui sonnait la charge.

– T'es prêt ?

Tu parles, que j'étais prêt. Prêt à me pencher sur elle pour lui caresser les cheveux, mais pas prêt du tout à jouer les poètes en déclamant des vers. Il m'a fallu faire un effort surhumain pour rassembler mes idées et les strophes que j'avais laborieusement travaillées tout au long de la semaine, en cachette de Goliarda et surtout de Francesca.

– Allez, vas-y, lance-toi ! m'a lancé Livia.

J'ai bloqué, tout d'un coup.

– Je fais comment, là ?

– Je sais pas, moi… Le prof nous dit toujours qu'il faut aller chercher en nous les douleurs et les joies qu'on a connues.

Les joies, j'allais avoir du mal à les convoquer. Mais les douleurs, j'en avais plein la carlingue. J'espérais qu'elles feraient l'affaire.

– *Eh bien, sans vous donner la peine de poursuivre, assurez-vous l'honneur de m'empêcher de vivre…*

– *Elvire où sommes-nous et qu'est-ce que je vois ?*

Je me suis lancé dans ma tirade comme je me serais jeté du haut de ma falaise. Quinze mètres en triple salto, sans savoir ce qui m'attendait en bas, en suspension, le temps d'enlever une couche de Giacomo et une couche d'Otto… J'ai plongé dans la peau de Rodrigue. J'étais devenu ce gentilhomme, je voulais cette fille pour la vie, pour tout ce qu'elle me promettait de bonheur mais j'étais déchiré parce que de l'autre côté, il y avait ce père vengeur, qui comptait sur moi.

Dans le fond, je le comprenais très bien, son problème, à ce type.

À la fin de la scène, j'ai mis quelques petites secondes à refaire surface. Livia s'est approchée de moi. J'ai bien vu qu'elle était troublée.

– T'as déjà fait du théâtre ?

– Pas vraiment, non. C'est pas le genre de la maison.

– De quelle maison ?

– Laisse tomber.

– Il faut toujours laisser tomber avec toi !

Elle a scruté mon visage, en nage, à cause de l'effort, de la tension nerveuse et de l'excitation aussi.

– La diction, ce n'est pas encore ça mais… tu joues avec tes tripes, tu es… c'est…

Elle cherchait ses mots. Pour la première fois, je la sentais hésiter.

– C'est… incandescent, a-t-elle murmuré.

Incandescent, je ne savais pas très bien ce que cela voulait dire mais j'ai cru deviner.

Livia m'a souri, presque timidement. Elle a effleuré mon épaule pour y retirer une poussière imaginaire et pendant un bref instant, nos regards se sont attardés l'un sur l'autre.

En silence, je l'ai aidée à enlever sa robe et à plier son moucharabieh, qu'elle a attaché laborieusement à son vélo.

– Peut-être que ça ne sera pas possible, parce que je suis déjà engagée mais… si… tu ne voudrais pas me donner la réplique pour mon audition ?

J'ai passé à nouveau une main dans mes cheveux.

– Ben ouais. Qu'est-ce qui nous en empêcherait ?

Livia s'est jetée dans mes bras et je ne sais pas ce qui m'a retenu de l'embrasser. Sans doute mes gènes de mafioso, qui m'interdisaient de toucher à une fille au regard d'ange. Je l'ai serrée très fort contre moi, avant de la regarder enfourcher son vélo et partir en sifflotant au milieu des genêts, ses cheveux blonds volant dans le vent.

18

Je croyais que réussir en classe, c'était réservé à ceux qui avaient toutes les cartes en main dès la naissance. Et puis le prof de mathématiques a posé la feuille devant moi en me faisant un clin d'œil.

– C'est bien Otto, très bien même. Belle progression, tu vas finir par devenir excellent.

J'ai regardé ma copie, incrédule : 16 sur 20.

J'ai eu envie d'écrire un petit mot à ma mère, même si je ne voulais pas ressembler à un bon petit élève agitant son trophée. Je savais qu'elle serait contente, elle qui n'avait jamais fait d'études et avait toujours espéré que je décroche un diplôme, un jour.

À l'heure de la pause de midi, je me suis installé sur la pelouse près de la grille d'entrée, à l'écart de tous.

Ciao maman,

Tu vas pas me croire mais j'ai un 16 en maths aujourd'hui et ce n'est pas la première bonne note de la semaine.

Depuis quelque temps, j'avais commencé à lui écrire, par l'intermédiaire du juge. Jamais de grandes lettres. J'y allais crescendo, avec quelques lignes. Elle, en revanche, me renvoyait des courriers de plusieurs pages sur lesquels je la soupçonnais de plancher des heures, parce qu'elle n'avait jamais eu la partie facile avec l'écriture. Elle me disait que mes lettres étaient comme des rubis dans ses journées. Elle me racontait qu'elle avait trouvé un travail de couturière dans un petit atelier. Où ? Elle ne disait rien. J'ignorais tout de l'endroit où elle vivait sous une fausse identité.

J'ai levé la tête machinalement en direction du portail, où les élèves externes sortaient par grappes. Ils se saluaient, montaient à deux sur les scooters, se donnaient rendez-vous sur la place, un peu plus loin. D'autres traînaient devant les grilles, le téléphone à la main, en attendant un copain ou une copine. Je restais à l'écart de toute cette effervescence mais je commençais à l'envier. C'était comme si j'observais une fête à laquelle j'aurais voulu être convié, moi qui n'avais pas eu d'amis pendant toutes ces années. Chez moi, on avait comprimé ma liberté et mon adolescence.

Une fille aux cheveux blonds a attiré mon œil. Elle avait une silhouette gracieuse, elle me faisait penser à Livia. C'ÉTAIT Livia. D'un bond, je me suis levé et dirigé vers la grille d'entrée. J'allais lui faire un geste de la main quand soudain, j'ai vu Alessandro déboucher par la gauche depuis les préfabriqués et se diriger vers elle. Ils ont échangé une bise.

Alessandro ? Livia ? Elle connaissait cette poucave ? Je me suis écarté et, derrière les buissons, je les ai observés. Ils se sont mis à parler. Visiblement, l'affaire était importante, Livia a attrapé le bras d'Alessandro, elle avait un drôle d'air.

C'est bon, j'avais compris.

J'ai fait demi-tour et je me suis dirigé vers le préau, où je me suis aspergé d'eau froide sous le robinet des toilettes. J'étais un imbécile, je m'étais fait des films, cette Livia avait peut-être passé l'après-midi avec moi mais ça ne voulait rien dire. Elle était branchée avec un autre. Je m'en voulais de toutes ces pensées gonflées à l'hélium qui m'avait donné le tournis.

J'étais encore en train d'évacuer mon amertume sous le jet d'eau froide, quand j'ai vu deux chaussures bateau se planter devant moi. Puis j'ai senti une main se poser sur mon épaule. Ce n'était pas un surveillant mais Alessandro.

– Il me tarde de voir ça, a-t-il articulé d'une voix rageuse.

Je me suis redressé, interloqué.

– Voir quoi ?

– Ta prestation de clown.

J'ai passé ma main sur mes cheveux trempés, sans le lâcher du regard. Je ne comprenais rien à ce qu'il racontait.

– C'est quoi ton problème ?

– Mon problème, c'est que l'audition, c'est moi qui devais la passer avec elle. C'était convenu comme ça, avec le club de théâtre.

La stupéfaction, d'un coup. À toute allure, j'ai essayé de reconstituer les pièces manquantes du puzzle et soudain, j'ai compris. Livia m'avait officiellement choisi pour être son partenaire de théâtre. Ce que j'avais pris pour un rendez-vous amoureux, derrière la grille de l'école, était en réalité une scène de rupture. Elle avait dégommé Alessandro. Mon cœur s'est emballé.

– Tu lui as embrouillé la tête, espèce de connard ! a braillé Alessandro.

Je l'ai dévisagé, ne sachant pas très bien si je devais lui en coller une, ou traiter son insulte par le mépris. J'ai choisi la deuxième option, j'avais le triomphe indulgent. J'ai souri, moqueur.

– *Ne parlons plus d'un choix dont ton esprit s'irrite, la faveur l'a pu faire, autant que le mérite !*

– T'as dit quoi là ?

Quel abruti ! Il prétendait vouloir jouer *Le Cid* et il ne connaissait même pas le texte.

– Je lui ai rien embrouillé du tout. Elle a juste choisi le meilleur, c'est tout.

Je jubilais. Je me suis penché pour boire tranquillement une autre gorgée d'eau.

Alessandro m'a empoigné par le col et m'a plaqué contre le mur.

– Tu t'en sortiras pas aussi facilement, a-t-il sifflé entre ses dents.

Je n'en revenais pas. Je me traînais un passé de *bad boy* lourd comme un trois tonnes et c'était ce nigaud des beaux quartiers qui se comportait comme un voyou. J'ai attrapé son bras, qu'il avait mou comme celui d'une fille, et je l'ai tordu. Alessandro s'est mis à couiner de douleur.

– Attention de pas aller trop loin, mon gars, j'ai sifflé.

J'avais suffisamment mis de menace dans la voix et de force dans mon geste pour qu'Alessandro devienne pâle comme un linge. Il était à deux doigts de lâcher des sanglots de douleur. Je lui ai enfoncé mon genou dans l'estomac, pour bien lui faire comprendre que je ne parlais pas à la légère. Puis j'ai regagné la salle de classe avec la démarche triomphante d'un général vainqueur, acclamé par ses troupes. Livia m'avait choisi. Elle était ma reine et moi, j'étais son roi.

19

– *Cocodilo !!!*

On avait tous pris la pose devant l'objectif et maintenant, on s'appliquait à sourire de toutes nos dents. Le photographe a enclenché son appareil.

– Impeccable ! On ne va voir que vous dans le journal demain !

Super ! C'était la faute de Livia et de son sourire enjôleur. J'avais tenté d'échapper à cette séance photo avec les candidats à l'audition mais elle avait insisté pour que je l'accompagne et je n'avais pas su dire non, en me persuadant que je ne courais pas un grand risque. D'accord, le juge m'avait mis en garde : je n'avais pas le droit de m'exposer en public. Mais ce journal n'était qu'une gazette, lue par une poignée de locaux. Personne ne pourrait me reconnaître.

Pourtant, je me sentais vaguement inquiet et je n'avais pas envie de m'attarder au milieu de ces garçons et de ces filles qui se donnaient des airs d'artistes. En plus, je ne comprenais rien à leur baratin. Livia, elle, semblait à l'aise dans ce magma intello.

Je suis allé m'accouder à la fontaine en face du théâtre et, un instant, j'ai détaillé sa façade torsadée de fines colonnes en marbre blanc. Aux angles, les têtes sculptées d'artistes renommés semblaient me fixer de leurs regards de pierre. L'édifice était imposant et me fichait la frousse. Aller réciter des vers dans un endroit aussi solennel…

– Ça va ? T'as l'air tout bizarre.

Livia s'était approchée de moi, intriguée.

– C'est juste que j'ai du boulot, je préfère rentrer.

Quelles explications j'aurais pu lui donner ? Que je n'étais pas censé m'exposer au flash du photographe ? Que j'étais ici sous une fausse identité ? Que je me sentais mal à l'aise ?

Je lui ai fait un petit salut de la main et je l'ai plantée là. Je me suis enfoncé dans les ruelles de la vieille ville. J'ai longé le palais médiéval, qui annonçait une exposition sur les œuvres de Giotto, puis j'ai traversé une place entourée de vieilles demeures avec des balcons en ferronnerie. Elle était belle, cette ville, avec ses façades ocre et ses devantures élégantes. Je pensais à mon village, pauvre et blanc, accroché à sa falaise. Mais lui, il avait la mer à ses pieds. Je pensais aussi à ma mère. Elle me manquait.

– Attends-moi !

Je me suis retourné, surpris. Livia arrivait en courant, essoufflée.

– Et tes potes ?

– Je m'en fiche d'eux !

D'un coup, le nœud au creux de mon estomac s'est desserré. Une photo de trop, ce n'était rien comparé au bonheur de marcher aux côtés de cette fille. Livia a glissé une main dans la mienne et prudemment, on s'est raconté un peu de nos vies. Un instant, j'ai été tenté de me construire un passé en carton-pâte, comme les décors de théâtre de son père, factice, mais qui fait de l'effet, avec des parents riches, une vie de nabab, une villa en bord de mer.

Mais je n'étais pas certain d'être crédible. Alors j'ai raconté ce qui m'arrangeait, des bribes de vérité. Et Livia a fait la même chose parce qu'il y avait aussi des épisodes un peu pourris dans sa vie qu'elle ne voulait pas complètement dévoiler.

Je lui ai parlé de la mer, près de chez moi, qui devient pourpre à certaines heures de la journée à cause des algues. Livia m'a parlé de la chanson qu'elle avait écoutée pour la dernière fois avec sa mère, dans la cuisine, avant que celle-ci ne quitte la maison pour toujours. Je lui ai dit que je n'avais pas vu mon père depuis un bon bout de temps. Je lui ai décrit la pointe Bleue et ses falaises, d'où je sautais parfois en flip arrière. On faisait attention de ne pas trop en dire, elle et moi. Mais ce qu'on disait, en pointillé, nous suffisait.

Pendant les deux semaines qui ont précédé l'audition, j'ai fait l'apprentissage du bonheur et j'aurais bien signé pour un contrat indéterminé si cela avait été possible. J'avais mis Goliarda et Francesca dans la confidence, tout en redoutant un peu leur réaction.

– J'aurais dû me douter qu'il y avait une histoire de nana derrière ce *Cid* ! s'est esclaffée bruyamment Francesca.

Mais pour une fois, elle n'en a pas rajouté.

Elles ont pris les choses en main, à leur manière toujours un peu directive, mais bourrées de bonnes intentions. Elles ont mesuré la largeur de mes épaules pour que mon costume soit bien ajusté, elles m'ont conduit chez le coiffeur pour que mes cheveux ressemblent à quelque chose et elles ont peaufiné le menu du repas de fête. Après la représentation, bien entendu, elles invitaient tout le monde. Tant de générosité, je n'étais pas habitué.

– Il faudra que le maquillage couvre tout ton visage, personne ne doit te reconnaître, m'avait prévenu Goliarda.

Je n'avais pas osé lui dire que j'avais rompu la règle, pour une stupide histoire de photo.

Avec l'arrivée des premières chaleurs, les repas s'éternisaient sur la terrasse, en compagnie de Livia et de son père, qui avaient désormais leur couvert à table. Il était gentil, son père, il riait tout le temps. C'étaient des soirées animées, remplies de musique et de rires, à mille lieues de l'atmosphère qui avait toujours régné chez moi, tendue, méfiante. Je découvrais que la vie pouvait être légère et gaie. Je découvrais aussi que le travail payait. À l'école, je continuais de progresser depuis qu'on m'avait changé de classe. Dans les vignes, j'arrivais à abattre du travail comme deux travailleurs. Et côté théâtre, à force de répéter, je commençais à comprendre ce qu'il voulait raconter, ce Corneille.

Je le devais à Goliarda. Tard le soir, elle m'apprenait à comprendre le dilemme de Rodrigue. Même les rimes ne me faisaient plus peur, depuis qu'elle m'avait conseillé de les comparer au slam.

– Comment vous connaissez ce truc-là, vous ? je lui avais demandé un jour, alors qu'elle commençait à slamer en anglais un morceau qui venait de Chicago.

– C'est Nicolas qui…

Son visage s'est assombri, d'un coup. Et à cet instant, je ne sais pas pourquoi, j'ai fait le rapprochement avec la photo sur le bureau de ma chambre. Voilà ce qui m'intriguait : ce garçon lui ressemblait trait pour trait !

– Nicolas, c'est votre fils ?

– C'était.

Je n'avais pas l'habitude de mettre les formes, alors j'ai posé la question, direct :

– Qu'est-ce qu'il lui est arrivé ?

– Il a fait une overdose, il y a quelques années… a murmuré Goliarda. Je n'ai rien pu empêcher.

J'ai bien compris qu'elle n'en dirait pas davantage. Elle s'est versé un peu de vin, et ses mains tremblaient légèrement. Elle m'a expliqué que c'était pour cela qu'elle m'accueillait, moi, et peut-être d'autres à l'avenir. Pour m'éviter un chemin de souffrances. Elle a ajouté que je n'avais pas le droit de saboter ma vie. De tous les crimes, c'était le pire.

Puis elle est partie se réfugier dans le vignoble comme il lui arrivait parfois de le faire, sur un mouvement d'humeur. Ou un trop-plein de chagrin. C'est ce que je comprenais maintenant.

20

Livia était assise sur le muret de pierre, l'air pensif, le menton collé à ses genoux repliés, en position fœtus. Elle n'avait pas ouvert son sac ni sorti les accessoires. Elle n'a pas non plus relevé la tête quand je suis arrivé.

– Ça ne va pas marcher.

Et voilà. Elle était gagnée par le doute et le fameux trac du comédien. Son visage habituellement si clair était traversé de zones d'ombre. Je les connaissais bien, ces plis soucieux qui creusaient son front : ma mère avait les mêmes. Demain soir, c'était le grand jour. Fini le petit moucharabieh en carton, l'amphithéâtre caché sous les arbres. Place à la lumière, à la scène, au jury de professionnels, aux dizaines de spectateurs… Forcément, il y avait de quoi flipper.

Je me suis assis à côté d'elle et j'ai observé son profil délicat, chiffonné par l'angoisse.

– Tu as un talent énorme, tu vas réussir.

– Le talent, ça ne suffit pas.

Il y avait de l'amertume dans sa voix. À mon tour, j'ai été gagné par le doute.

– C'est parce que je ne suis pas assez bon pour te donner la réplique ?

Livia a souri un peu tristement.

– C'est pas toi le problème. C'est Alessandro.

Pourquoi fallait-il toujours qu'on en revienne à ce raté ! Qu'est-ce qu'il avait fait encore pour mettre cette fille dans cet état ? Comme si elle avait lu dans mes pensées, Livia a continué.

– Son père est un genre de mécène, il donne de l'argent au théâtre de la ville.

– Je vois pas le rapport.

– Il connaît bien le jury qui va nous noter… Il va l'influencer. Il va me faire payer d'avoir lâché son fils.

– Pourquoi tu t'imagines un truc pareil ?

– Parce qu'il me l'a dit. Alessandro m'a menacée.

J'ai eu le cœur serré de la voir touchée de plein fouet par la méchanceté du monde. Moi je savais bien que dans la vie, on en revenait toujours à ça : aux coups bas, à la jalousie, à la rancune. Mais elle… J'aurais voulu qu'elle soit préservée de toute cette noirceur. J'allais lui fracasser la tronche, à ce type. Et à son père aussi, s'il le fallait.

– Pourquoi il t'en veut à ce point, ce mec ?

Livia a eu un sourire un peu gêné, qui a confirmé mes doutes.

– C'est la pièce ou c'est toi qui l'intéressait ?

J'avais posé la question à ma manière abrupte. Un peu de rouge est monté aux joues de Livia.

– Un peu des deux…

Rien de pire qu'un amant éconduit. On est restés un petit moment sans rien se dire et puis je me suis rapproché d'elle et j'ai passé mon bras autour de ses épaules.

– Les pourris ne gagnent pas à tous les coups, tu sais.

Livia m'a regardé avec des yeux dévastés.

– Tu en es sûr ?

J'ai détourné le regard. J'aurais voulu croire à ce que je disais.

Livia s'est approchée de moi, j'ai senti son souffle sur mon cou. L'instant d'après, ses lèvres se sont posées sur les miennes. J'ai fermé les yeux.

On est rentrés en fin d'après-midi, à travers la mosaïque verte des champs, dans une lumière dorée, presque phosphorescente. Le paysage était gorgé d'une gaieté nouvelle, jusque dans les cris des étourneaux qui se chamaillaient dans le ciel. Je tenais la main de Livia serrée dans la mienne, elle était chaude et douce. Je me disais que j'étais en pleine fiction, que ça ne pouvait pas être réel, un bonheur pareil, et que le clap du générique de fin allait tomber, comme un couperet.

21

Je n'avais pas envie de quitter Livia et je la tenais serrée contre moi. Elle a posé sa tête sur mon épaule puis a laissé promener ses doigts, machinalement, sur mon poignet et sur ma montre.

– Si cette aiguille pouvait s'arrêter ! j'ai râlé.

– En tout cas, ta montre de milliardaire russe, il faudra l'enlever pour la représentation. À l'époque de Rodrigue, on ne portait pas ce genre de bijoux !

La montre ! Subitement, une idée m'est venue.

– Promis, demain, je ne la porterai plus. Tu aurais le numéro de téléphone d'Alessandro ?

Livia m'a pressé de questions mais je n'ai pas voulu répondre. Je l'ai embrassée en lui recommandant de ne pas s'inquiéter pour le jury. J'allais tout faire pour arranger ses affaires…

– Un jour, je te raconterai toute mon histoire, j'ai murmuré au creux de son oreille.

J'ai regardé Livia remonter l'allée bordée de fleurs de son jardin et j'ai suivi la route pour entrer dans le village. Le soir commençait à tomber. J'ai eu la sensation bizarre que quelqu'un me suivait. Je me suis retourné à plusieurs reprises mais je ne voyais autour de moi que des hommes et des femmes pressés de rentrer chez eux après une journée de travail.

J'ai quitté la rue principale. Au croisement, la visibilité était tellement mauvaise qu'un miroir de sécurité avait été installé pour les véhicules. Machinalement, j'y ai jeté un coup d'œil. C'est là que je l'ai vu. Un homme m'observait, à quelques mètres en arrière. Petit, maigre, le visage engoncé dans un blouson sale. J'ai accéléré le pas et, dans le rétroviseur extérieur d'une voiture garée sur le bas-côté, je l'ai vu qui continuait de me suivre, à distance. J'ai hésité à m'engager sur la petite route de campagne qui grimpait à travers champs vers les fermes et les domaines agricoles. L'endroit était peu éclairé, les voitures rares. Si cet homme cherchait à me coincer, je prenais des risques à m'enfoncer dans le néant.

J'ai fait demi-tour en direction du centre où les boutiques avaient commencé à allumer leurs lumières. Dans le reflet de la devanture d'un coiffeur, j'ai constaté que l'homme au blouson sale était toujours là, il s'était même rapproché de quelques mètres. Pas de doute, il me guettait. J'ai vérifié que mon couteau était toujours dans ma poche et, d'un pas faussement tranquille, j'ai poursuivi ma marche.

Il fallait que j'en aie le cœur net. J'ai marché un moment sur le trottoir, avant d'apercevoir une ruelle suffisamment sombre et étroite pour que je ne laisse pas passer l'occasion. Je m'y suis engouffré et j'ai plaqué mon dos contre le mur à l'angle.

J'ai entendu des pas précipités, puis plus rien. De l'autre côté de la rue, l'homme hésitait.

Je retenais mon souffle.

Soudain, il a bifurqué. Mon couteau a glissé sur la peau de son cou.

– Tu veux quoi ?

L'homme, surpris par l'attaque, s'est immobilisé.

– Calme-toi, garçon !

Il me regardait fixement, sans ciller des yeux. Avec des gestes lents, il a sorti une enveloppe de la poche de son pantalon, qu'il m'a tendue. Je l'ai attrapée d'une main, tout en maintenant la pression de la lame sur sa carotide.

– C'est quoi ce papier ?

– On m'a dit de te le remettre.

– Qui "on" ?

– C'est écrit… Je sais pas, moi !

L'homme commençait à suer à grosses gouttes. De près, son visage était aussi crasseux que son blouson. Ce semi-clochard avait sans doute été payé.

– Dégage !

D'un geste, je l'ai poussé en arrière. J'avais retrouvé la violence de ma vie d'avant.

J'ai regardé l'homme partir en courant et j'ai attendu que mon cœur cesse de faire le yo-yo pour ouvrir l'enveloppe.

Mon neveu,

Ta place est avec nous. Rentre. Je t'attendrai lundi matin sous le pont de San Ercolano, à 10 heures, à la sortie de ton village. Ne me fais pas faux bond.

Riccardo

C'est comme si une tonne de ciment s'était déversée sur ma tête. Comment mon oncle savait-il que je vivais ici ? Depuis quand me suivait-il ? Pas une seconde jusqu'à présent, je n'avais envisagé que ma famille puisse me retrouver. Le juge avait tout balisé et j'avais respecté scrupuleusement les consignes. À part… la photo ! C'était sûrement ça ! Il m'avait retrouvé à cause de la gazette locale ! Mais par quel cheminement ?

Les pieds lourds comme du plomb, j'ai pris le chemin du domaine. J'avais la sensation bizarre d'être coupé en deux. Ma tête me dictait de rejoindre mon père. Mais mon cœur… J'ai fermé les yeux et j'ai revu le visage de Livia penché sur le mien, son sourire, qui me promettait des jours heureux. J'étais comme Rodrigue, dans un sale pétrin. Finalement, ces histoires d'amour et de devoir du Moyen Âge, ça ne prenait pas une ride.

Au fond de ma poche j'ai froissé rageusement la lettre.

22

Toute la nuit, les cauchemars ont sali mon sommeil. Je me suis levé fatigué, en nage, le cerveau engourdi. Pendant quelques secondes, je me suis demandé si je n'avais pas rêvé la rencontre avec le messager clochard. Mais la lettre de Riccardo en boule dans la poche de mon pantalon m'a prouvé le contraire. Quand je suis descendu, Goliarda s'affairait déjà à la cuisine pour préparer le repas de fête, après la représentation. Elle s'est tournée vers moi avec un grand sourire.

– Tu sais que le juge sera là ce soir au théâtre ! Il tient à t'encourager.

Enzo Ruffo allait faire le déplacement ! S'il savait que ma famille avait retrouvé ma trace !

D'un coup, j'ai eu la nausée.

Je suis parti au chai, où j'étais certain de trouver Valentina, et je lui ai demandé de me prêter son téléphone portable. J'ai envoyé un message à Alessandro, en lui proposant de nous retrouver dans le courant de la journée.

J'ai passé la matinée affalé sur le banc derrière la maison, assailli par l'image de mon père au fond de sa cellule. Je l'imaginais mélancolique, dépressif, tournant comme un lion en cage dans la cour de sa prison. Ma tête était au bord de l'implosion.

Il était plus de midi lorsque Valentina est remontée du chai, en agitant son téléphone.

– Un message pour toi !

C'était Alessandro. Il me fixait rendez-vous à seize heures devant une ancienne cimenterie, dans une zone industrielle située près de la ville.

– Ben dis donc, c'est pas à côté ça ! Tu vas faire quoi là-bas ? s'est exclamée Valentina, quand je lui ai demandé de me géolocaliser l'endroit sur son téléphone.

J'ai bredouillé une explication confuse et j'ai fait la grimace. Drôle d'endroit pour se retrouver, une zone industrielle. Et puis, ça me laissait peu de temps pour faire l'aller-retour et être à l'heure au théâtre pour la représentation prévue à dix-sept heures. Mais je n'avais pas le choix, c'était Alessandro qui dictait ses conditions.

À midi, j'ai mangé sans appétit.

– Otto, tu es sûr que tout va bien ?

Goliarda s'inquiétait.

– Ça va. Juste un peu le trac.

En début d'après-midi, j'ai quitté le domaine en prétextant que j'avais besoin de prendre l'air.

– Ne reviens pas trop tard ! m'a lancé Goliarda, un peu préoccupée.

J'ai pris la petite route menant au village et de là, j'ai trouvé un bus qui m'a conduit à la ville. À pied, j'ai traversé le centre, franchi les faubourgs puis atteint une cité triste, aux tours d'habitation taguées et fissurées, leurs fenêtres ouvertes sur le braillement des téléviseurs. Il m'a fallu du temps pour trouver la zone industrielle, repliée au bord d'un terrain vague, en contrebas de l'autoroute, jonchée de sacs en plastique et de détritus. J'ai longé plusieurs entrepôts fermés avant d'entrevoir les cheminées de briques rouges de l'ancienne cimenterie.

Devant les grilles d'entrée du bâtiment attaquées par la rouille, Alessandro m'attendait avec deux gars plantés à côté de lui, pareils à des sentinelles. Je ne les avais jamais vus, ils me semblaient un peu trop âgés pour fréquenter le collège. Ça sentait le coup tordu.

Alessandro s'est avancé vers moi.

– T'avais quoi de si urgent à me dire ? Tu devrais pas être en train de te mettre du rouge à lèvres, l'artiste ?

Les deux sergents en faction se sont mis à ricaner.

– T'as besoin de baby-sitters pour te déplacer ? j'ai rétorqué.

Alessandro m'a fusillé du regard, puis d'un mouvement sec du menton, a fait signe à ses copains de s'éloigner. Il se prenait pour un chef de gang, comme dans les films. Ça ne collait pas avec ses cheveux coiffés comme ceux d'un acteur et son pantalon trop ajusté. C'était même risible.

Sans le lâcher du regard, j'ai enlevé la Rolex de mon poignet et la lui ai tendue.

– Cadeau. Mais en échange, tu vas dire à ton père de ne pas se mêler des affaires du jury ce soir.

Un éclair d'envie a traversé les yeux d'Alessandro. Mais il a gardé les mains dans ses poches.

– T'insinues quoi ?

– Fais pas l'innocent. Tout s'achète, même un vote. Surtout s'il peut ruiner l'avenir de Livia.

Alessandro a ricané.

– Et toi, tu m'achètes aussi avec ta Rolex ?

J'ai préféré ne pas répondre à sa provocation.

– Tu la prends ?

Le silence s'est installé, menaçant, à peine perturbé par la rumeur des camions sur la bretelle d'autoroute. Je jetais des coups d'œil furtifs vers les deux gardes du corps qui campaient à quelques mètres.

– Tu peux te la garder, ta montre. Je peux m'en payer une deux fois plus chère.

Ça, j'en étais pas certain. Une montre comme ça, il y en avait très peu sur le marché et mon père avait aligné beaucoup d'argent pour l'obtenir. Mais ce dont j'étais sûr, c'était que mon plan avait foiré.

J'ai hésité sur la conduite à tenir. Insister n'aurait servi à rien. Il fallait donc que je passe aux menaces. À mes bonnes vieilles méthodes de mafieux. Pour Livia, j'étais prêt à tout.

J'ai remis ma montre à mon poignet et je me suis avancé à quelques centimètres de mon adversaire.

– Ça, c'était l'option gentille. Mais si tu veux qu'on passe à l'option crapule, ça me va aussi.

Il a hésité une seconde, j'ai vu dans ses yeux l'envie de battre en retraite. Mais il ne pouvait pas se débiner, pas devant ses deux mercenaires qu'il avait probablement payés pour venir jusqu'ici.

Furtivement, il leur a fait un geste de la main. J'ai compris à l'instant pourquoi il m'avait donné rendez-vous dans cette friche désolée à l'écart de la ville. Tout était prémédité. Parce qu'avec la vitesse de l'éclair, les deux lourdauds se sont jetés sur moi, m'ont plaqué au sol et ont attaché mes mains avec une corde. Je me suis débattu comme un enragé, mais à trois contre un, il ne fallait pas croire au miracle. Lorsqu'ils m'ont relevé et forcé à les suivre, j'ai foncé tête baissée vers le ventre mou d'Alessandro, comme un taureau prêt à une ultime bravoure. Mais ligoté comme je l'étais, dans cette arène vide, le combat était perdu d'avance.

J'ai senti une douleur violente à la tête. Ensuite, je ne me souviens plus de rien.

Je me suis réveillé dans une odeur de moisi. Ma tête cognait, comme si on l'avait frappée à coups d'enclume. Il m'a fallu de longues minutes pour sortir des brumes, m'habituer à la pénombre et rassembler les bouts épars de ma mémoire. Les insultes d'Alessandro, les mains ligotées, la douleur…

J'ai tâté mes poignets. Heureusement, ils n'étaient plus entravés. Mes doigts endoloris ont cherché le cadran froid de ma Rolex. Elle était toujours là. Péniblement, je me suis mis debout et, à la lumière de ma montre, j'ai compris que j'étais dans un hangar. Je me suis frayé un chemin dans un amas de ferrailles, de tubes en acier, de sacs éventrés, à la recherche d'une ouverture. J'entendais des couinements, des déplacements furtifs de pattes cognant contre l'acier : probablement des rats. En tâtonnant, j'ai fini par arriver jusqu'à une porte. Elle était fermée à clé. Les minables. Ils m'avaient enfermé.

J'ai senti la panique me gagner. Personne ne savait où j'étais ! J'allais probablement mourir de faim et de soif. Et Livia qui m'attendait. Et cette audition qui virait au naufrage. J'ai senti une sueur froide glisser le long de mon dos. J'ai tenté de faire refluer la marée d'angoisse qui montait depuis le fond mon estomac.

Je suis resté prostré un temps qui m'a semblé infini.

C'est un froissement d'animal qui m'a sorti de mon état de semi-hébétude. Sur le moment, je n'ai pas bien compris qui venait ainsi effleurer mon épaule. J'ai cru d'abord à un oiseau mais les ailes étaient brunes, comme une cape de velours : une chauve-souris ! Vaguement dégoûté, je l'ai chassée d'un mouvement d'épaules et l'ai regardée s'enfuir vers le fond du hangar puis se figer sur une poutre pour reprendre sa nuit. Forcément, dans ces ténèbres, elle était à son aise.

Quelque chose clochait, mais je ne savais pas quoi. J'ai scruté la pièce, à la recherche d'un indice. Tout était silencieux. Des outils recouverts d'un linceul de poussière traînaient dans un coin, figés dans leur abandon. La roue usée d'un tracteur pendait en équilibre contre le mur. Soudain, le déclic. J'ai compris ce qui me titillait : si une chauve-souris était arrivée jusqu'ici, c'est qu'il y avait une ouverture !

Je me suis levé et j'ai repris mon inspection des murs. Les parois du hangar ne présentaient aucun passage, ni trappe, ni soupirail, sauf celle du fond, en partie obstruée par un amoncellement de sacs qui montaient jusqu'au plafond. J'ai déblayé tout ce que je pouvais et, dans un nuage de poussière, une cheminée est apparue. Au fond de son conduit, en penchant ma tête, j'apercevais un filet de lumière.

Je me suis glissé dans le goulot qui heureusement était suffisamment large. Le dos plaqué sur le conduit, les jambes repliées et les genoux calés contre la paroi d'en face, j'ai commencé lentement l'ascension, en m'aidant des coudes et des pieds. J'avançais comme une chenille. Le frottement du ciment labourait la peau de mon dos et mes muscles étaient contractés à l'extrême. J'essayais de respirer fort, pour garder mon calme. J'ai progressé sur un mètre, puis un mètre cinquante, le regard tendu vers la lumière en haut. Il fallait que je tienne. Encore un mètre. Soudain, en ondulant vers le haut, j'ai senti le goulot se resserrer. Mes épaules ont frotté contre les angles, menaçant de rester bloquées. Je me suis immobilisé, gagné par la panique. J'avais l'impression que le mur en face se tordait, glissait vers moi, prêt à m'étouffer. J'ai fermé les yeux. Le sang bourdonnait à mes oreilles. Des tremblements ont secoué toute ma cuisse. J'ai pensé que je ne pouvais pas lâcher, pas là, pas maintenant. Il fallait que j'arrive à passer, quitte à raboter mes épaules.

Dans une tentative désespérée, je me suis propulsé vers le haut, les coudes en sang. Ma tête a heurté un objet froid. Avec ma main, j'ai cherché à comprendre. C'était un barreau métallique. Je m'y suis agrippé avec toute l'énergie qui me restait. Il y en avait un deuxième. Puis un troisième. Ils avaient été fixés à la paroi pour former une échelle.

J'ai rassemblé mes dernières forces et je me suis hissé jusqu'au sommet.

23

J'ai jeté un coup d'œil à ma montre : il était un peu plus de dix-huit heures. La représentation avait déjà commencé. Avec une foulée de marathonien, j'ai quitté l'ancienne zone industrielle, voulant croire qu'une voiture miraculeuse allait surgir sur l'horizon d'asphalte. Mais seul le bruit de mes pas tapant le bitume trouait le silence. À cette heure-ci, et dans ce trou perdu, qui viendrait perdre son temps…

À bout de souffle, j'ai atteint la cité aux murs tagués. Un instant, j'ai hésité à gravir quatre à quatre les étages, pour demander de l'aide dans les tours vétustes. Mais les portes resteraient probablement closes. On se méfierait de moi, on me demanderait des explications que je n'avais pas le temps de donner. En vitesse, j'ai fait le tour du parking, à la recherche d'une solution. Un scooter était garé sous un abri en tôle.

Je n'ai pas mis longtemps à me décider. Le carénage en plastique a vite sauté sous les coups de mon canif. Heureusement, je n'avais rien perdu de ma technique. J'ai cherché des fils pour mettre le contact. Il ne restait plus qu'à actionner le kick. Le moteur s'est mis à vrombir. Tout en haut d'un immeuble, j'ai cru apercevoir une ombre s'agiter sur un balcon.

J'ai avalé les kilomètres en poussant l'accélérateur au maximum. Tant pis pour les feux de signalisation, tant pis pour les sens interdits. J'ai roulé à plein régime avec, dans mes mains crispées sur le guidon, le souvenir de mes pointes de vitesse sur la corniche, près de chez moi.

Sur la vieille place, les pneus du scooter ont crissé en freinant. J'ai jeté le deux-roues contre un platane et je me suis précipité à l'intérieur du théâtre illuminé.

Devant sa caisse, l'ouvreuse, méfiante, a fait de la résistance. Je ne pouvais pas entrer dans cet état ! Qui me prouvait que je faisais partie de la liste des candidats ?

J'ai plaidé ma cause avec des supplications dans la voix. Oui… j'étais un peu sale et transpirant pour un artiste prêt à monter sur scène. Mais elle pouvait aller vérifier auprès du jury, j'étais bien inscrit. Devant mon insistance, elle m'a laissé passer.

J'ai ouvert la porte en catimini et je me suis glissé dans l'allée centrale. La salle était plongée dans la pénombre.

J'étais persuadé que Livia m'attendait, assise quelque part, recroquevillée sur son inquiétude. Je n'ai pas regardé la scène. Mes yeux ont fureté entre les fauteuils, à la recherche de sa silhouette cachée dans le noir. J'ai aperçu Francesca, j'ai aperçu le juge élégamment vêtu, Goliarda aussi. Mais Livia restait invisible. Bien sûr, j'entendais qu'on bougeait sur scène, qu'un homme parlait maintenant dans un micro pour annoncer les candidats suivants, mais je poursuivais ma traque dans l'ombre, en présentant mes excuses pour le dérangement. Dans mon dos, ça bourdonnait, ça grognait, des voix me soufflaient de m'asseoir.

Et puis la lumière, soudain, a inondé la scène et mes yeux ont instinctivement suivi le mouvement de l'éclairage. Livia se tenait debout, vêtue d'une robe longue et blanche.

Un instant, elle s'est figée. Elle m'avait vu, moi et mes bras ballants, dans la travée. Nos yeux se sont trouvés. Puis elle s'est rapprochée de Rodrigue, ou plutôt d'Alessandro, et s'est mise à lui parler, la voix vibrante d'émotion.

Dans mon dos, j'entendais des toussotements agacés et des soupirs appuyés. Un des spectateurs s'est mis à protester à haute voix. Qu'est-ce que je faisais planté au milieu des fauteuils ? Je ne voyais pas que je dérangeais ? Bien sûr que je le voyais. Je n'étais pas à ma place ici. Je ne l'avais jamais été.

Ma mère aurait dit que je buvais le calice jusqu'à la lie, elle qui aimait puiser dans le répertoire religieux. Je suis monté au balcon, tout en haut et j'ai assisté à la fin de la représentation.

Livia a triomphé de tout. De son partenaire lamentable qui ânonnait son texte, de ses concurrents talentueux et de sa tristesse d'avoir été lâchée par un minable comme moi. Une salve d'applaudissements a salué sa prestation. Elle allait entrer dans sa classe de théâtre, c'était une évidence.

Je suis redescendu dans le hall, le pas lourd. La caissière m'a adressé un clin d'œil complice.

– J'espère que ça a marché pour toi !

Sans lui répondre, j'ai quitté le théâtre et je me suis dirigé vers le scooter, toujours échoué près du platane. Il fallait maintenant que je ramène ce tas de ferraille au plus vite.

– Otto !

Sa voix m'a transpercé le cœur. Livia était sortie en trombe du théâtre et courait vers moi, dans sa robe de scène. Des passants se sont retournés, étonnés.

– Otto… pourquoi ?

Elle avait tourné vers moi ses yeux gris clair noyés de tristesse.

Qu'est-ce que je pouvais raconter ? Qu'Alessandro était une ordure ? Aurait-elle compris ? Elle n'était pas faite pour écouter ce genre de saletés. Et puis qu'est-ce que ça changeait.

– Je ne m'appelle pas Otto mais Giacomo, j'ai murmuré.

Ses yeux se sont agrandis de surprise. J'aurais pu faire l'effort de lui donner quelques explications, tenter de défendre mon cas. J'ai préféré enfourcher le scooter, et la laisser seule sur le trottoir sale, avec sa robe pailletée trop grande pour elle, qui la faisait ressembler à une princesse égarée.

Je me suis dit qu'après tout, j'avais eu ma part de bonheur et c'était bien comme ça. Il ne fallait pas trop en demander.

24

Au carrefour, en face de la mairie, je me suis arrêté au feu rouge. Plus rien désormais ne m'imposait de jouer les chauffards. Avec un kleenex que j'ai trouvé dans le fond de ma poche, j'ai tamponné une petite plaie qui s'était mise à saigner au niveau de mon coude, après mes efforts douloureux dans le conduit de cheminée.

Je n'ai eu le temps de rien. Ils sont sortis de leur véhicule, lumières éteintes, et se sont approchés de moi.

– Tes papiers, s'il te plaît.

L'un d'eux a allumé un gyrophare bleu sur la voiture, pour que je comprenne à qui j'avais affaire. Mais même dans le noir complet, je les aurais reconnus. Ici, comme chez moi, ils avaient cette même façon de jeter leurs mots avec brutalité. Je les connaissais par cœur. Et je savais que ça ne servait à rien de résister. Ils ont braqué une lampe torche sur la mobylette.

– Elle est à toi ?

– …

– Vide tes poches !

Au poste de police, ils m'ont demandé de décliner mon identité et j'ai eu un peu de mal à répondre. Je n'étais plus Otto mais je rechignais encore à redevenir Giacomo. Je me sentais comme une chenille qui aurait raté sa mue. Avec leur ordinateur, ils ont eu la réponse à leur question. Je les ai entendus prononcer le nom d'Enzo Ruffo et le chef a poussé un soupir désabusé.

– Ces gamins, faut toujours qu'ils replongent.

J'ai pensé à ma mère, qui allait s'effondrer de chagrin.

Pendant l'interrogatoire, j'ai tout balancé mais j'ai bien vu qu'ils ne croyaient pas une miette de cette histoire de séquestration. Alessandro était le genre de type au-dessus de tout soupçon, avec son CV immaculé de fils d'entrepreneur local. Moi en revanche, j'avais quelques dossiers qui penchaient en ma défaveur. Et puis cette bécane, je l'avais volée, je ne pouvais pas le nier. Le propriétaire m'avait vu depuis son balcon.

Il était plus de minuit lorsque j'ai remonté l'allée bordée de cyprès de Pazienzia, encadré par les flics. J'ai pensé que décidément, il fallait toujours qu'ils viennent empoisonner mon histoire. Le juge et Goliarda nous attendaient sur le seuil de la maison éclairée par les lampions qui avaient été installés pour le repas de fête. Sur la terrasse, la table était dressée, avec tous les couverts encore propres, qui n'avaient servi à personne. J'aurais voulu dire à Goliarda que je regrettais tout ce qui arrivait, mais les mots sont restés coincés au fond de ma gorge.

Les flics ont demandé à voir ma chambre, espérant sans doute y trouver une preuve supplémentaire de ma culpabilité : argent, haschich... Ils ont tâté mon matelas, fouillé ma commode, inspecté la tringle du rideau. Mais évidemment, ils n'ont rien trouvé. Le juge a poussé un soupir de soulagement quand ils ont renoncé à pousser leurs investigations plus loin. Puis il s'est enfermé avec eux dans la grande salle à manger.

Enzo Ruffo devait être un très bon magistrat, persuasif, parce qu'une heure plus tard, les flics sont ressortis et m'ont annoncé qu'ils allaient passer l'éponge. Pour cette fois, je ne serais pas poursuivi.

– Mais attention, il n'y aura pas de deuxième chance, m'a prévenu le plus âgé d'entre eux, le doigt levé, avant de partir.

J'ai haussé les épaules. J'en avais rien à cirer, de sa deuxième chance.

J'ai entendu les portières claquer dans la nuit. Derrière moi, je sentais la présence muette de Goliarda et du juge, les questions refoulées, le poids de leur déception.

Je ne sais pas ce qui m'a pris. Je me suis retourné et je les ai serrés dans mes bras, tous les deux, longuement.

– Mais voyons… a dit Enzo Ruffo, interloqué.

Goliarda m'a serré fort à son tour.

– Le scooter, c'était juste pour arriver à l'heure au théâtre. Je vous jure que tout ce que j'ai raconté aux flics, c'était vrai, j'ai soufflé à son oreille.

Après ça, je suis monté en courant dans ma chambre et j'ai fermé la porte à double tour.

Goliarda a bien toqué à ma porte à plusieurs reprises pour me supplier de descendre. Je n'ai rien voulu savoir. Je sentais la fatalité peser sur mes épaules. Le découragement aussi. À quoi bon se battre, nager à contre-courant. Ma famille me rattraperait toujours, ou mes gènes. On n'échappe pas à son destin.

25

J'ai passé la nuit à attendre que le jour se lève, à voir s'achever cette journée qui m'avait conduit au désastre. Je me suis assoupi une heure ou deux, le temps de rêver que je marchais sur une ligne de crête, avec le précipice d'un côté et le vide de l'autre.

Elle était imprévisible, la vie. J'étais arrivé ici avec des pieds de plomb, prêt à tout pour rejoindre mon père et Riccardo. Et voilà que quelques mois plus tard, j'avais le cœur déchiré à l'idée de m'en aller.

J'ai ouvert la fenêtre, pour respirer une dernière fois l'odeur d'humus et entendre les vignes bruisser dans la nuit. Sur la table, j'ai posé l'édition du *Cid*, aux pages cornées à force d'avoir été triturées. Là où j'allais, je n'en avais plus besoin. Goliarda, le juge et les filles allaient penser que tous leurs efforts n'avaient servi à rien. C'est peut-être cela qui me faisait le plus mal parce qu'au fond de moi, je savais que c'était faux. Je rentrais, mais je n'étais plus le même.

J'ai pris une feuille de papier et à nouveau, j'ai tout raconté. Le scooter volé, mais aussi mes heures passées dans la cimenterie, la fuite par le conduit de cheminée.

Je dois obéir, je dois rentrer chez moi, à Montamaro. Merci pour tout ce que vous avez fait pour moi. Pour vous, j'essaierai de ne pas gâcher entièrement ma vie.

La formule était théâtrale, j'ai pensé.

J'ai observé l'ombre bleue du petit matin effacer les dernières traces de nuit, j'ai laissé le petit mot en évidence, sous la photo du fils de Goliarda et je me suis glissé par la fenêtre.

Il pleuvait. Des gouttes d'eau couleur acier coulaient en abondance. J'ai coupé à travers les champs pour éviter la route. À dix heures précises, j'ai atteint le pont. En contrebas, sur la berge humide, Riccardo m'attendait. Sur le moment, je ne l'ai pas reconnu. Il avait changé d'apparence. Des cheveux recouvraient son crâne habituellement chauve, son tatouage sur le cou avait disparu, il était devenu blond et son nez avait pris une forme pointue. Je me suis demandé s'il avait eu recours à la chirurgie esthétique pour arriver à un tel résultat. Il m'a fait une accolade, sèche et rapide. La tendresse était désormais derrière moi. Ses grosses mains pareilles à des pattes de tigre ont empoigné le sac que j'avais emporté.

– Allez, on n'a pas de temps à perdre.

Pour lui, il était évident que j'allais le suivre et obéir à ses ordres, comme le bon petit soldat que j'avais toujours été. Comme si les mois que j'avais passés ici n'étaient qu'un détour malheureux sur ma route déjà tracée. Il avait raison de ne pas douter, parce que je n'ai rien dit et je l'ai suivi jusqu'à une Peugeot garée un peu plus loin, au bord d'un chemin boueux.

Dans le rétroviseur mouillé de pluie, j'ai regardé le domaine de Pazienzia, perché sur les hauteurs, devenir un minuscule point noir, puis disparaître dans la courbe du virage. Plus bas, à la sortie du village, la voiture est passée devant la maison de Livia. J'ai cru voir ses cheveux blonds derrière la fenêtre, mais ce n'était peut-être qu'un simple reflet sur la vitre, à cause du soleil qui se levait déjà. J'ai serré mes lèvres jusqu'à me faire mal, pour faire barrage à ma tristesse.

Riccardo a allumé une cigarette et a appuyé sur la pédale d'accélérateur. On a roulé une cinquantaine de kilomètres sans rien nous dire.

À la fin, je n'y ai plus tenu.

– Comment tu as fait pour me retrouver ?

Riccardo a eu un sourire narquois.

– Il y a une femme, qui habite pas très loin d'ici qui envoie régulièrement des provisions à son cousin. Des confitures, surtout.

Je ne voyais pas du tout où il voulait en venir.

– Et souvent, quand elle lui envoie des confitures, elle les emballe dans du papier journal, pour que le pot ne se casse pas.

Riccardo a doublé en trombe une voiture, sans se soucier de la ligne continue sur le bitume et des coups de klaxon paniqués d'une vieille dame au volant.

C'était à peine croyable. Elle avait emballé sa marchandise dans la page du journal où s'étalait ma photo !

– Et c'est qui son cousin ? j'ai demandé d'un ton faussement détaché.

– Nino, de la trattoria. Et Nino, il n'a pas de secrets pour moi.

J'aurais voulu me cogner la tête contre le pare-brise tellement j'enrageais.

– Tu fais du théâtre toi maintenant ? Quand ton père va apprendre ça ! a ajouté Riccardo.

De nouveau, ce sourire ironique.

Je n'ai plus ouvert la bouche et j'ai regardé le paysage défiler. Ces arbres, ces collines et ces champs de culture, je les regardais s'enfuir à regret. Plus les heures passaient, plus le soleil dardait ses rayons, la végétation s'asséchait, les maisons blanchissaient. Bientôt, les pins maritimes ont fait leur apparition puis la mer couleur bleu pétrole et le ciel au-dessus, si vaste. J'aimais ça, avant, voir l'horizon s'ouvrir jusqu'à l'infini. Mais ce paysage m'était devenu étranger. Plus j'avançais, moins j'avais l'impression que le pays vers lequel je roulais était le mien.

Riccardo conduisait avec brusquerie et enchaînait cigarette sur cigarette, les yeux rivés au rétroviseur. Il avait peur de se faire coincer, lui qui était en cavale depuis des mois à l'étranger, en Allemagne, d'après ce qu'il m'a expliqué. À nous deux, on faisait la paire, maintenant, car je pariais que les flics allaient probablement partir à ma recherche aussi. Mais pourquoi mon oncle prenait-il tous ces risques pour venir me chercher et sortir de sa planque ?

À deux reprises, on a changé de véhicule. Des hommes que je n'avais jamais vus nous attendaient sur des parkings de supermarché, à l'écart des villes, et nous ont glissé de faux papiers d'immatriculation. J'ai vu que le passeport de Riccardo était trafiqué lui aussi. On a roulé pendant des centaines de kilomètres, en évitant les nationales, lancés à fond sur des routes de campagne mal entretenues, où Riccardo serrait les voitures au plus près avant de les doubler dans des mouvements rageurs. La faim tenaillait mon ventre, mais je n'osais rien dire.

J'ai sombré dans une torpeur inquiète jusqu'à ce que les freins crissent.

Sur une avenue bordée d'immeubles tristes, Riccardo s'était arrêté devant un commerce au store éventré. Sur le trottoir, des grappes d'enfants tuaient le temps en faisant du skate.

– Tu veux manger quelque chose ?

Une vendeuse au visage épuisé a encaissé notre commande puis a déposé mollement deux paninis dans un four à micro-ondes. Pendant que mon oncle cherchait dans son blouson quelques billets, j'ai jeté un œil distrait à l'énorme téléviseur accroché au mur au-dessus du comptoir, qui braillait les informations de la soirée et déroulait la litanie des drames. À l'étranger, un attentat avait fait une dizaine de victimes et, en Italie, un détenu considéré comme dangereux venait de s'échapper de la prison de Rimini.

Sur le bandeau télévisé, un nom est apparu, celui de Galliprano. Je trouvais que la journaliste avait de beaux cheveux longs, ils me faisaient penser à ceux de Livia. Galliprano… Il m'a fallu quelques secondes pour que l'information remonte à mon cerveau. C'était marrant, ce type portait le même nom que mon père. Et il était en prison lui aussi.

Riccardo avait les yeux braqués sur l'écran.

L'espace d'une seconde, j'ai manqué d'air et soudain, le flash dans ma tête. Mon père. Il était en fuite.

La présentatrice a expliqué que le détenu avait profité de son transfert à l'hôpital. L'ambulance avait été immobilisée en pleine rue par des complices. Riccardo s'est tourné vers la vendeuse et a aboyé.

– Ils arrivent, ces sandwichs ? Ouvrez ce four !

Apeurée, la jeune femme lui a tendu les paninis, qui n'avaient pas eu le temps de chauffer.

Riccardo m'a empoigné la manche et m'a arraché au comptoir.

Pendant qu'il démarrait en trombe, je me suis mis à hurler.

– T'étais au courant ? C'est quoi ce bordel ?

– Tais-toi !

– Réponds à ma question ! Tu savais ? C'est pour ça que tu es venu me chercher ?

Surpris par ma rage, Riccardo a hésité.

– Je savais pas qu'il ferait ça aujourd'hui…

Visiblement, il avait été pris par surprise. Il a écrasé la pédale d'accélérateur.

La route s'est étirée, interminable. Je ne savais même pas où on allait, mais si je posais des questions, je n'obtiendrais rien en retour. J'essayais de faire le vide en moi mais la panique dépeçait mon cerveau. Je suis resté dévoré par les interrogations pendant des heures, incapable de comprendre comment mon père avait pu trouver des complices à l'extérieur, se procurer les armes lourdes, mettre sur pied une évasion pareille. À l'heure qu'il était, la police devait être sur les dents. Les aéroports et les gares étaient probablement en état d'alerte. J'ai pensé au juge, à Goliarda, qui devaient être déjà au courant. Livia… J'étais à la limite du court-circuit mental.

À la tombée de la nuit, la trattoria de cette balance de Nino a surgi dans les phares de la voiture, au bout de l'anse. On revenait chez nous, dans les collines de Montamaro.

J'ai pensé que Riccardo était devenu fou. Si un seul endroit devait être fouillé par la police en ce moment, c'était forcément ce territoire aux mains de mon père et de la famille. Leur fief.

– Tu veux quoi ? Te jeter dans la gueule du loup ?

Riccardo a eu ce léger sifflement des lèvres que je connaissais bien. Il ne fallait pas l'énerver davantage. Il s'est engagé sur la petite route grimpant vers les villages posés sur la crête, au-dessus de la mer. On a roulé une dizaine de minutes, jusqu'à ce que les lueurs des premières maisons du village trouent l'obscurité. Il régnait un calme anormal. J'avais l'impression que mille yeux, tapis dans l'ombre, nous guettaient. Ici, dans ces collines cadenassées, l'entrée et la sortie de tout étranger étaient immédiatement repérées. Tout se savait, les habitants surveillaient. Quelques dizaines de mètres avant d'arriver à la maison, Riccardo a brutalement bifurqué vers un sentier de terre en prenant soin d'éteindre les feux de croisement.

Comme moi, il avait vu le camion de police stationné devant la maison du *nonno*. Le grand-père savait-il où mon père s'était enfui ? Était-il au courant que Riccardo était de retour ? Sans doute. C'était lui qui tirait les ficelles, dans l'ombre, depuis toujours, bien avant mon père. Si ça se trouve, il était à l'origine de l'évasion. À l'heure qu'il était, ce vieux renard était sans doute interrogé par les flics. Il ne lâcherait rien, il ne trahirait jamais son fils, son propre sang. J'ai eu un étourdissement et j'ai crié à mon oncle de s'arrêter, le temps que je vomisse sur le bas-côté.

La voiture a poursuivi son ascension cahoteuse dans le noir, le long du chemin de terre qui montait vers la forêt de mélèzes. Cinquante mètres plus loin, Riccardo a garé la voiture sur un petit terre-plein. Je devinais que l'escapade se poursuivrait à pied, à travers la colline. Je savais où on allait.

Dans le noir, mes pieds butaient sur les pierres et mon visage s'écorchait aux ronces mêlées aux branches basses des arbres. J'aurais voulu retourner en arrière, mais je suivais, comme aimanté, Riccardo qui grimpait avec agilité. Le sourire grimaçant de Scylla et de ses six têtes est apparu dans la lumière de sa torche, puis les murs à moitié effondrés du château.

On a remonté le parc pour arriver devant la porte mangée par la végétation. Le double battant s'est ouvert sans difficulté. Dans l'air flottait une odeur un peu écœurante de moisi.

Riccardo s'est engagé dans l'escalier de pierre en colimaçon qui montait jusqu'aux étages. Des champignons rongeaient les murs, ils s'effritaient comme de la sciure qui tombait sur nos épaules en poudre blanche. À l'étage, on s'est dirigés vers le fond d'un corridor au plancher dévoré par les termites. Derrière une porte filtrait une lumière.

Riccardo a frappé trois coups secs, puis a ouvert. Mon père se tenait debout devant la fenêtre, son profil éclairé par une lampe à l'éclairage blafard. Il s'est retourné vers moi, il me semblait plus petit que dans mon souvenir.

– Je suis content de te voir, mon fils.

Mon cœur a fait une embardée.

26

Il avait suffi d'un voyage retour pour que je replonge dans ce qui avait toujours été mon liquide amniotique : les armes, le danger, la clandestinité. La peur, surtout. J'ai réalisé que pendant ces semaines que j'avais passées là-haut chez Goliarda, je l'avais oubliée. Voilà que de nouveau, elle tordait mon intestin.

Dans un coin, Riccardo m'avait installé un tabouret et un petit matelas. À l'autre angle, deux autres matelas jonchaient le sol, avec, à portée de main, un révolver chargé et un pistolet-mitrailleur. Comment avaient-ils récupéré cet arsenal, ces sacs de couchage et ce réchaud sur lequel ils faisaient cuire leur repas ? Je pariais que mon père avait un réseau clandestin qui lui venait en aide. Il y avait cette femme, qui était montée très tôt le matin, avec du linge et des provisions. Il y avait aussi ces bouts de papiers froissés que Riccardo était allé déposer dans un olivier, au pied du château. Tous les deux devaient compter sur la complicité ou le silence des habitants, qui ne les dénonceraient jamais. L'omerta était leur meilleure alliée.

Mon père s'était assuré que je n'avais pas de téléphone portable qui aurait pu être tracé par les flics.

– On va rester longtemps ici ? je lui ai demandé le lendemain soir de mon arrivée, alors que je regardais, depuis la fenêtre, le village se déployant comme un éventail au-dessus de la mer.

Le long de la route côtière, les voitures roulaient comme des petits cailloux.

– On attend ta mère.

Je me suis raidi.

– Maman ? Mais tu sais où elle est ? Tu as pu lui parler ?

– Non. Mais je suis sûr qu'elle va venir.

Il attendait, avec une tranquille assurance. Il savait que ma mère viendrait me récupérer. Le château, c'était ce fil invisible du passé qui nous reliait tous les trois.

– Tu t'es pas dit qu'elle pourrait alerter la police avant de venir ici ? a lancé Riccardo.

Plus les heures passaient, plus il était fébrile. Il réclamait de partir, au plus vite. Mon père s'est tourné vers lui, la colère déformait son visage.

– Giuseppina ne nous vendra pas !

– T'as oublié ce qu'elle a fait avec Giacomo ! a crié Riccardo.

– Je n'ai pas oublié, crois-moi !

Mon père s'est planté devant la fenêtre.

– Et pour ça, elle devra payer, je l'ai entendu murmurer.

Même en fuite, même avec le temps qui cavalait derrière lui, même avec les flics à ses trousses, il ne pensait qu'à une chose, c'était rendre à ma mère la monnaie de sa pièce et laver son honneur. Depuis des mois sans doute, il ruminait ça. Je ne pouvais quand même pas croire qu'il s'était évadé pour cette raison ! Ce père que j'avais tellement admiré me semblait si médiocre tout à coup, muré dans son entêtement, aveuglé par ses obsessions. C'était comme si mon sang s'était retiré de mes veines.

J'ai attendu que mon père et mon oncle s'assoupissent, tout habillés, la main à portée de leurs armes et du cendrier plein à craquer de mégots. Toute la soirée, ils s'étaient concertés à voix basse, ils avaient évoqué un bateau, le détroit et la meilleure façon d'éviter les contrôles des garde-côtes. Ils m'avaient tenu à l'écart de leurs conciliabules.

Le halo blanc de la lune éclairait la pièce. En silence, je me suis levé et j'ai glissé sur le plancher en évitant les lattes branlantes, que j'avais discrètement repérées auparavant. J'avais dessiné mentalement mon chemin vers la porte, que j'avais laissée très légèrement entrebâillée. Riccardo et mon père ne s'étaient rendu compte de rien.

Un pas, deux pas, trois pas. J'ai bloqué ma respiration, avançant comme un chasseur traquant sa proie sauf que je ne cherchais pas de gibier mais un moyen de m'enfuir et d'empêcher ma mère d'arriver. J'y étais presque. Il fallait maintenant que je pousse le plus légèrement possible la poignée…

Les gonds de la porte ont grincé sinistrement. Comme un diable sorti de sa boîte, mon père s'est redressé et en deux bonds, il m'a rejoint. J'ai senti ses doigts, comme les serres d'un rapace, s'enfoncer dans mes épaules.

– Tu fais quoi ?

– Je… j'ai besoin d'aller pisser.

– Avec ton sac ?

La voix de mon père avait un timbre légèrement métallique, presque désincarné. Le silence entre nous m'a semblé une éternité. Visiblement, il pesait le pour et le contre. Il a fini par donner deux tours de clé et m'a poussé vers la fenêtre. Au loin, sur la mer plate et noire, les navires étaient posés comme des perles de lumière. À gauche, les appels rouges des phares annonçaient la présence du détroit aux ferrys et aux porte-conteneurs en route vers le sud. Même en pleine nuit, le trafic semblait aussi dense que celui d'une autoroute.

Mon père a passé sa main dans ses cheveux.

– Ces dernières années, je n'ai pas été un père très présent. Je comprends que tu te méfies de moi et même que tu aies voulu partir là-bas, dans le Nord. Mais on va tout recommencer à zéro. On va faire de belles choses ensemble.

J'ai regardé le large plongé dans la pénombre et je n'ai pas répondu. Mon père a desserré ses doigts sur mon épaule.

– Si tu franchis le détroit et que tu continues tout droit, tu passes la Sicile et tu arrives en Afrique du Nord. Tu te rappelles ? Je t'avais promis qu'on irait un jour. Eh bien ce jour est arrivé !

Évidemment que je me le rappelais. Un instant, je me suis revu enfant, allongé dans l'ombre de l'olivier du parc, la tête posée sur les cuisses de ma mère. Mon père m'avait fabriqué un bateau en papier, il me promettait qu'un jour on prendrait la mer et qu'on triompherait de Scylla et des coups de sirocco. On franchirait les eaux du détroit, on irait là où la mer change de nom, plus loin encore, comme des aventuriers.

Pendant toute mon enfance, j'avais espéré comme un fou que mon père tienne sa promesse.

Pourquoi le faisait-il maintenant, alors que je n'en avais plus envie ?

27

Ma nuit a été agitée. J'ai fait des rêves troubles, attaché à un mât. La côte se tordait à l'horizon. Elle était rouge sang, se plissait, prenait une forme monstrueuse jusqu'à se muer en une bouche dévorante et grimaçante, prête à m'avaler.

Au petit matin, je me suis assoupi et quand je me suis réveillé, le soleil inondait la pièce.

Dans un coin, la radio crachait son lot d'informations. Il y était question de mon père, toujours recherché activement par la police. Le parquet de Rome venait d'ouvrir une enquête pour "évasion en bande organisée et association de malfaiteurs". L'Office central de lutte contre la criminalité organisée avait été mis sur le coup aussi. L'étau se resserrait.

Mon père fumait à la fenêtre, un sourire satisfait sur les lèvres.

– Elle arrive.

Mon cœur s'est ratatiné. Je me suis approché de la fenêtre. Ma mère gravissait la colline, ses longs cheveux ramenés dans une tresse.

J'aurais voulu lui hurler que c'était un piège, qu'elle devait partir tout de suite. Mais il était trop tard. En bas, dans le parc abandonné, Riccardo s'est dirigé vers elle et lui a tendu ses bras énormes, pareils à des tentacules, qui sont venus se refermer sur ses épaules frêles.

La porte s'est ouverte.

– Maman !

– Mon tout-petit...

J'ai senti les doigts fins de ma mère caresser mes cheveux, doucement. Ses cheveux sentaient la bergamote.

– Bonjour Giuseppina.

Mon père s'est avancé vers elle. Ses yeux se sont attardés sur son visage, sur sa tresse noire. L'espace d'un instant, j'ai lu le trouble dans ses pupilles, comme le jour où les flics étaient venus le chercher à la maison et qu'il avait voulu l'embrasser. Il était toujours amoureux d'elle.

Ma mère n'a rien exprimé, ni joie ni surprise. Elle est restée impassible, cherchant à déceler dans les yeux de son mari ce qu'il avait derrière la tête.

La gifle de mon père a claqué sur sa joue, si violemment qu'elle a failli tomber à la renverse. Je me suis précipité pour l'aider à se relever. Elle a ravalé ses larmes et m'a murmuré à l'oreille qu'il ne fallait pas s'inquiéter. Elle s'est tournée vers son mari.

– Laisse-moi partir avec Giacomo. Tu sais bien qu'on ne dira rien.

Les mâchoires de mon père se sont contractées.

– On va tous partir ensemble, Giusy. On va recommencer notre vie, comme avant.

Sa voix tremblait. Croyait-il vraiment à ce qu'il disait ? Le regard de ma mère a glissé vers les armes, qui gisaient au sol. Elle a eu un bref sourire désabusé. Elle n'y croyait pas une seconde, à son baratin. Elle se préparait même au pire.

– Comme avant ? C'est-à-dire comme au temps où on venait ici au château ? Quand tu n'étais pas encore un malfrat ?

Mon père a blêmi sous le coup de l'attaque. Mais curieusement, il ne l'a pas frappée une deuxième fois. Il s'est contenté de la regarder, incrédule. Probablement qu'il n'en revenait pas de l'entendre parler ainsi. Cette audace, cette façon qu'elle avait de lui tenir tête… C'était nouveau, absolument nouveau. Discrètement, ma mère m'a pris la main. Je l'ai serrée très fort. Nous étions deux contre un, désormais.

28

J'ignorais la façon dont mon père envisageait la suite des opérations. D'ailleurs, la question ne s'est pas posée, parce que tout de suite après l'arrivée de ma mère, deux hommes ont surgi en courant dans le parc. Riccardo, posté comme un vigile derrière la fenêtre, est descendu à leur rencontre. Je les ai vus échanger quelques mots puis se précipiter vers l'entrée.

Deux minutes plus tard, ils ouvraient à grand fracas la porte.

– Les flics. Ils seront là dans une minute, a hurlé Riccardo.

J'ai immédiatement reconnu les deux hommes. Ils étaient à mon anniversaire, le jour de mes quatorze ans. C'étaient de vagues cousins et eux aussi étaient armés jusqu'aux dents. Quand ils ont vu ma mère, ils ont marqué un temps de surprise.

Mon père s'est adressé à eux en dialecte et, sans se départir de son calme, il nous a ordonné de rassembler nos affaires. Riccardo a fourré dans un sac le réchaud, la radio et les quelques objets qui pouvaient signaler notre présence. Les deux cousins nous ont poussés en avant, ma mère et moi, pour nous faire descendre l'escalier de pierre. Dans la cour, ils ont jeté au fond du puits les matelas et le cendrier rempli de mégots.

– Vite, on passe par-derrière ! a ordonné Riccardo.

On a contourné le château par l'arrière. Le terrain plongeait à pic vers un petit cours d'eau coulant en contrebas. On a dévalé la pente couverte de broussailles. Un instant, je me suis retourné. Au pied du château, quelques mètres au-dessus, des hommes encagoulés et armés de mitraillettes avaient pris position autour de l'édifice. Une unité d'élite de la police. Ils étaient si près. Il suffisait de peu. Remonter de quelques pas, lever les bras, leur demander de l'aide.

Une main s'est abattue sur mon bras et m'a tiré en arrière.

– Grouille-toi ! a soufflé mon père.

Sans prendre le temps d'enlever nos chaussures, on est entrés dans l'eau. Je pensais qu'on allait traverser le lit et sortir de l'autre côté, pour poursuivre notre course à travers les collines. Mais d'un geste de la main, mon père nous a fait signe de le suivre. Mouillés jusqu'aux mollets, on a remonté le cours d'eau sur près de quatre cents mètres, en faisant attention de ne pas glisser sur les cailloux qui tapissaient le fond. Il fallait tromper l'odorat des chiens qui allaient être lâchés pour remonter notre piste. Il fallait qu'on perde toute trace de nous. En silence, on s'est éloignés du château, chaque pas nous enfonçant un peu plus dans la clandestinité.

29

Un vent chaud et violent s'était abattu sur la région, faisant chuinter les volets des maisons. Mais dans notre planque, nous n'entendions rien. Sous terre, les craquements des arbres ou le martèlement de la pluie ne nous atteignaient pas.

Les journées s'étiraient, interminables, dans la lueur des lampes électriques. Nous étions coupés du monde même si au-dessus de nos têtes, à l'entrée du souterrain, des hommes de main armés veillaient sur notre retraite forcée.

Mon père avait ordonné la construction de ce bunker à l'emplacement d'une bergerie perdue dans les collines, il y avait quelques années, du temps où il était encore en liberté et craignait d'être rattrapé par la police. Vingt mètres carrés souterrains aménagés en véritable appartement, avec couloir, chambres, salle de douche, toilettes et même câble électrique, pour pouvoir écouter la radio et prendre nos repas. La porte d'entrée se résumait à quelques briques qu'il fallait faire pivoter pour se hisser dans le poulailler qui servait, à l'extérieur, de paravent à la cachette.

Mon père nous interdisait de remonter à l'air libre, même sous sa surveillance. Il prétextait que des drones pouvaient passer au-dessus de nos têtes et nous repérer. Mais quand le sentiment d'étouffement était trop fort au fond de notre cache, on remontait parfois prendre quelques bouffées d'oxygène à l'abri des planches en bois de la bergerie. Dans ces moments-là, le bruit fracassant des hélicoptères dans le ciel nous faisait sursauter, ma mère et moi. La police continuait de nous chercher. Le poste de radio nous confirmait que mon père était encore traqué partout dans le pays, et surtout ici, dans les collines de Montamaro. Mais les patrouilles étaient difficiles dans ce territoire escarpé et accidenté, où les routes étaient rares et la population peu encline à coopérer avec les autorités de l'État.

Dans la nuit, les cousins faisaient pivoter les briques et nous apportaient quelques distractions : des BD, des magazines, des jeux de cartes.

Mon père réfléchissait à l'étape suivante de sa cavale. Grâce à un intermédiaire, il s'était mis d'accord avec un pêcheur du village qui nous attendrait à bord de sa barque, une *feluca*, pour nous faire passer le détroit.

– Une barque, c'est petit. Elle échappera aux radars des garde-côtes, estimait mon père.

La date de notre départ restait le grand point d'interrogation. Il fallait lancer les flics sur une fausse piste, leur faire croire que Carlo Galliprano en cavale avait été aperçu ailleurs. Tous ses complices y travaillaient d'arrache-pied.

Pour Riccardo, l'affaire devenait compliquée. Plus les jours passaient, plus il perdait son sang-froid.

– Il faut qu'on se tire au plus vite ! J'ai pas fait tous ces kilomètres pour être cueilli ici !

– Tais-toi ! Tu sais bien que c'est trop tôt !

Entre les deux, le torchon brûlait. À voix basse, mon oncle reprochait à mon père de ne pas tenir compte de lui. Il en avait assez d'être aux ordres, de ne jamais être considéré, même pas par le *nonno*.

Moi, je travaillais à regagner la confiance de mon père. J'avais l'intuition que c'était la seule chance de nous en sortir, ma mère et moi. Comment ? Je n'en savais rien encore. Mais il fallait que je fasse semblant. Le soir, à la lumière des lampes électriques, mon père essayait de bâtir un semblant d'avenir avec moi. Il me parlait de ses affaires, du code de conduite du clan, des étapes que je devrais franchir pour gagner mes galons dans l'Organisation.

– Dans quelque temps, tu reviendras ici et tu prendras ma suite. Ces collines seront à toi.

J'étais l'otage de ses choix et je réalisais que je l'avais toujours été. Jamais il ne m'avait demandé mon avis. Mais je faisais semblant d'acquiescer et même d'être enthousiaste.

Avec ma mère, je me comportais brutalement. Je lui apportais son repas sans lui adresser la parole et quand elle réclamait de sortir pour prendre l'air, je la rabrouais.

Même mon père n'osait pas employer le ton avec lequel je lui parlais.

– Respecte ta mère. Elle ne s'est pas bien comportée avec moi, mais ce n'est pas une raison pour mal lui parler, m'a-t-il glissé un soir.

– Mais tu ne m'as pas dit qu'elle devait payer pour ce qu'elle a fait ?

Je scrutais mon père du coin de l'œil. Je voyais qu'il était satisfait de ma réponse.

– Plus tard, plus tard, concédait-il.

Le soir, quand Riccardo et mon père discutaient de la suite des opérations, je me glissais auprès d'elle, dans sa petite cellule, et je la conjurais de me faire confiance. Pour la distraire, je lui parlais de Pazienzia, de Goliarda et des filles. Je lui expliquais les cépages et les arômes du vin. Dans le noir et privé de tout, voilà que toute la palette des odeurs du domaine me revenait.

Elle finissait par s'endormir. Je la regardais s'agiter dans son sommeil et la peur me tenaillait le ventre. Je me demandais quel sort l'attendait, quel scénario sordide mon père avait écrit pour elle. Je tâtonnais dans le noir, à la recherche d'un trou à creuser, d'une faille dans le bunker, qui nous aurait permis de nous échapper. Mais pour aller où ? Les collines étaient truffées de mouchards. On serait suivis à la trace. Les habitants des villages nous fermeraient leurs portes.

Mes pensées glissaient vers Livia. M'avait-elle oublié ? Il avait suffi de quelques jours à peine pour creuser une distance qui me semblait infinie entre son existence et la mienne.

30

Le soleil a fini par avoir le dessus sur la pluie et, un matin, mon père nous a autorisés à faire quelques pas dans la bergerie un peu plus longtemps que d'habitude. Les hélicoptères avaient déserté le ciel. Le silence était retombé, à peine rompu par le ronronnement du moteur d'un ULM, qui avait entamé sa ronde tranquille au-dessus du littoral. À cette époque-ci de l'année, ce genre d'engin pouvait passer plusieurs fois par jour devant la plage. Un instant, j'ai imaginé ce qui était imprimé sur sa bannière tirée dans le vent. Probablement une publicité pour une boîte de nuit, où filles et garçons iraient s'éclater, après les heures passées en bandes sur la plage, dans la chaleur de l'après-midi. Je me suis demandé si moi aussi, un jour, je pourrais faire la fête comme tout le monde.

De retour au bunker, la radio a confirmé ce que je craignais. Un homme ressemblant trait pour trait à Galliprano avait été aperçu au nord de Bari. Un témoin disait l'avoir vu entrer dans l'appartement d'un immeuble de banlieue. Toutes les recherches se concentraient désormais sur la zone.

Mon père a cligné de l'œil en direction de Riccardo.

– Ils sont tombés dans le panneau.

J'ai senti un coup de froid balayer ma tête. Désormais, on était seuls ici, ma mère et moi, prisonniers des collines de Montamaro comme à l'intérieur d'une nasse. Plus personne ne serait là pour nous secourir.

En milieu d'après-midi, mon père s'est approché de moi, une feuille à la main.

– Tiens, tu n'auras pas de mal à apprendre ça.

J'ai lu le texte. Le style était embrouillé, le vocabulaire ringard, les mots truffés de fautes d'orthographe, mais je comprenais qu'il s'agissait d'une sorte de profession de foi où il était question de prendre des tas d'engagements sur l'honneur.

Je l'ai regardé, surpris.

– C'est quoi ce folklore ?

Mon père a eu une moue choquée.

– Folklore ? C'est le serment que tu devras prononcer lors de ta cérémonie d'intronisation. Tu dois l'apprendre par cœur.

Je ne comprenais rien à ce qu'il me racontait.

– La cérémonie d'intronisation ?

Mon père m'a regardé, les yeux brillants.

– Ils vont venir, même le patron d'ici, avant notre départ. Après-demain, tu feras ton entrée dans la

Société mineure. Tu as quatorze ans, on t'accordera le grade de *picciotto.* Tu deviendras un des nôtres !

Un instant, j'ai voulu que le sol en terre battue s'ouvre sous mes pieds.

– Ah… c'est… c'est une super nouvelle !

J'ai tenté de mettre de l'allégresse dans ma voix et d'être à la hauteur de l'excitation de mon père.

– C'est une faveur. Une sacrée faveur ! s'est-il exclamé.

J'ai forcé mon sourire et j'ai lu des bribes de cette liturgie : *Je jure devant cette société de rester fidèle à mes compagnons et de renier père, mère, sœurs et frères s'il le faut et même mon propre sang…*

Comme il fallait que je reste crédible dans mon rôle d'enfant modèle de mafieux, j'ai enfoncé le clou.

– Dans ce cas, tu m'apprends à tirer ?

J'avais marqué un sacré point. Dans les yeux de mon père, j'ai lu la fierté. Pour la première fois, il a ouvert la porte de la bergerie et m'a fait signe de le suivre. Dehors, à l'abri d'un arbre, il s'est tourné vers moi et, lentement, avec précision, il a déroulé la notice d'emploi, en parfait connaisseur : comment ouvrir la culasse, charger l'arme, la nettoyer, mettre le cran de sécurité, puis comment viser la cible avec précision. Il décomposait le geste, froidement, avec son arme.

– Le lien d'allégeance que tu vas nouer avec le clan sera plus fort que le lien de ta famille de naissance.

C'est lui qui l'emportera sur tout. N'oublie jamais cela, Giacomo.

– Je n'oublierai pas, promis.

Il a pointé son révolver et a fait mine de tirer sur un homme imaginaire, derrière les buissons. Dans ma tête, j'ai entendu la détonation.

– La force, c'est le seul moyen d'imposer ta loi, a-t-il ajouté.

Je l'ai vu rengainer son arme dans son pantalon. Pas moyen de la lui prendre, encore une fois.

– Je passerai quand aux travaux pratiques ?

Mon père a souri.

– Le plus tôt possible.

J'ai souri à mon tour, pour lui montrer que j'étais à cent pour cent avec lui.

31

Le matin du neuvième jour, quand je me suis réveillé, mon père, vêtu d'un costume noir, passait un peigne dans ses cheveux devant un petit miroir de poche qu'il avait accroché au mur.

– C'est le grand jour ! a-t-il dit d'une voix pleine de ferveur.

Moi, en revanche, j'avais envie de m'effondrer en hurlant.

Les deux cousins sont arrivés sur ces entrefaites, avec un pantalon et une chemise que j'ai été obligé d'enfiler. Encore ces fichus vêtements d'apparat. En dialecte, ils ont expliqué que la *feluca* du pêcheur nous attendrait devant chez Nino, à l'extrémité de l'anse, après la cérémonie.

– Et maman ? j'ai demandé, en feignant le détachement.

– Elle nous suit. Elle va assister à ce jour exceptionnel pour toi.

La réponse de mon père m'a fait froid dans le dos.

On est sortis du bunker en titubant, aveuglés par la lumière, après des journées à se terrer comme des animaux traqués. Plusieurs centaines de mètres plus bas, un 4×4 nous attendait, ainsi que la moto de Riccardo, qu'il a enfourchée avec un des cousins.

Le trajet m'a semblé interminable. Après les cahots des chemins de terre de la colline, on a rejoint la petite route qui montait en boucles serrées le long de la corniche. Bien des voitures ici avaient fini leur trajectoire dans le vide, lorsque l'alcool s'en mêlait les soirs d'été et brouillait la vigilance des conducteurs. Ces lacets, je les avais dévalés des centaines de fois avec ma Vespa. Au détour d'un virage, mon village est apparu dans le soleil, puis la falaise, blanche, où j'étais venu plonger si souvent.

La voiture s'est garée sur une voie de terre, à l'écart de la route. Le soleil cognait déjà dans le ciel et brûlait la rétine. Devant nous, un champ aux herbes jaunies s'étalait comme une piste d'envol au-dessus de la mer. Instinctivement, je me suis approché du parapet ; il devait bien y avoir vingt mètres de hauteur entre la falaise et la surface argentée de l'eau.

En file indienne comme un cortège funéraire, on a traversé le champ. Ma mère avançait devant moi, droite et silencieuse. J'attrapais sa main discrètement quand elle trébuchait. Mon esprit chavirait, j'avais la sensation qu'un compte à rebours était lancé.

J'entendais ce fichu ULM gronder au loin avec sa bannière publicitaire.

J'ai aperçu leurs têtes chauves, avant les armes et la rangée de gardes du corps à l'arrière. Ces hommes, qui semaient la terreur partout dans la région, avaient le cheveu rare, les tempes grisonnantes, des pantalons froissés et une allure de papis fatigués. Seuls leurs regards, cruels, contredisaient leur apparence. Je n'ai pas pu me soustraire à leur accolade. Ils étaient six, ils sentaient la mort et le sang et je n'ai pas été surpris d'y retrouver le *nonno.*

– Bonjour, mon petit-fils, a-t-il dit en me tapotant l'épaule.

L'un des hommes s'est avancé vers moi. Il avait le cou balafré et portait une bague sertie de diamants. À son sourire de despote, j'ai deviné que c'était le boss local, qui dominait les clans de la région.

– Bienvenue parmi nous, Giacomo.

À nouveau, le ronronnement de l'ULM qui se rapprochait. J'ai levé la tête vers le ciel, machinalement, parce qu'il fallait bien regarder quelque part pour échapper à ces yeux sournois plantés dans les miens.

L'engin volait à basse altitude, traînant une bannière blanche, sur laquelle un message était écrit en grosses lettres noires : *Rodrigue, as-tu du cœur ? RDV à la pointe Bleue.*

Ma pupille a failli exploser. *Le Cid*… Rodrigue… Hypnotisé, j'ai suivi le trajet de l'ULM dans le ciel, je l'ai vu effectuer un demi-tour puis passer à nouveau devant la falaise, entêté. Sur le verso de la bannière, le message était le même. Livia ! C'était elle qui m'envoyait ce message !

Le boss, mon père, le *nonno*, Riccardo, les cinq vieillards, puis tous les gardes du corps ont suivi mon regard et ont levé les yeux à leur tour vers le ciel d'un bleu épais. Un instant, j'ai vu leurs mains se poser sur leurs armes. Ils se méfiaient de cet objet volant non identifié. Je retenais ma respiration.

Puis le chef local a haussé les épaules.

– De mon temps, les femmes ne déclaraient pas leur flamme aux hommes, surtout pas en plein ciel. Tout se perd.

– Et c'est quoi ce p… de prénom ? A-t-on idée de baptiser son enfant Rodrigue ? a rétorqué un autre, en crachant par terre.

Le cercle des hommes s'est resserré autour de moi. J'essayais de regarder au-delà de leurs épaules formant comme un rempart. Au-dessus de la falaise, l'ULM repassait : *Rodrigue, as-tu du cœur ?* La pointe Bleue. Elle était située à l'ouest, en contrebas, où elle abritait quelques voiliers et bateaux à moteur…

D'un geste sec, le boss a fait signe à un de ses sbires de faire venir ma mère.

– Avant de commencer le rite d'intronisation, tu vas devoir te soumettre à une épreuve. Tu dois mériter ton entrée parmi nous, Giacomo.

Ma mère se tenait devant moi, ses longs cheveux noirs flottant dans le vent. Dans ses yeux noirs, j'ai lu une tristesse infinie, mais pas de peur. Elle murmurait quelques mots, des prières qu'elle adressait à Dieu.

Les hommes se sont reculés de quelques mètres et l'un d'entre eux, cérémonieusement, est venu poser une chaise, au centre de l'assemblée. J'ai levé les yeux vers le visage de mon père, impassible.

Le chef mafieux m'a tendu un objet et j'ai mis quelques secondes à comprendre qu'il s'agissait d'un rasoir. D'un geste brusque, il a fait asseoir ma mère. Qu'est-ce qu'il mijotait dans son cerveau de pervers ?

– Rase les cheveux de cette femme. Elle t'a arraché à ta famille. Elle mérite d'être punie.

Je l'ai regardé, interloqué. Il me demandait de tondre ma mère ! Devant tous ces hommes ! On en était là. À se soumettre à ce misérable code d'honneur, à cette morale de gangster. À cette loi rance, digne du temps des cavernes. À ses yeux de tueur, j'ai compris que je n'avais pas le choix. Je me suis penché vers ma mère.

– Ils repousseront plus beaux encore, je lui ai murmuré à l'oreille sans que les autres entendent.

Le plus délicatement possible, j'ai coupé sa chevelure, qui est tombée en boucles épaisses sur l'herbe verte. Ma mère s'est tournée vers moi. Elle avait le regard vide, je pense que son esprit s'était retranché quelque part dans le ciel. Mon esprit à moi cavalait, il n'avait jamais réfléchi aussi vite.

Les hommes nous observaient, vérifiaient que ma main ne tremblait pas. Quand la dernière mèche de cheveux a glissé sur l'épaule de ma mère, le boss m'a fait signe d'arrêter, il a repris le rasoir puis s'est tourné vers mon père, qui contemplait le crâne rasé de sa femme avec un mélange de douleur et de surprise.

– Carlo, viens terminer le travail, s'il te plaît.

Comme un automate, mon père a dégainé son révolver et s'est avancé, tandis que les hommes reculaient de quelques pas. Je fixais avec épouvante la crosse noire de son arme luisant dans le soleil.

Le boss a cru bon de s'adresser à ma mère :

– Giuseppina, tu ne seras pas exécutée. Mais tu mérites de boiter toute ta vie, pour ton écart de conduite. L'humiliation t'enlèvera l'envie de recommencer.

Instinctivement, ma mère a porté sa main à son genou. Et j'ai compris ce que mon père allait faire. *La gambizzazione.* Cette méthode barbare consistant à tirer dans la rotule de son adversaire.

Ma mère s'est mise à sangloter doucement. Il fallait que cette mascarade cesse. Il était temps que le rideau se lève, que je joue la comédie, que j'entre en scène, comme au théâtre. Je savais déjà où je voulais achever l'action : là-bas, au bord du champ. Il ne me restait plus qu'à improviser.

Le patron a posé une main sur l'épaule de mon père puis a fait signe à tout le monde de s'écarter, pour que le coup puisse partir. L'assemblée a incliné la tête puis s'est exécutée.

– Non !

J'avais parlé d'une voix forte, provocante. Un silence interloqué a plané pendant quelques secondes.

– Comment ça non ? a demandé l'un des vieillards, d'une voix légèrement hostile.

– C'est moi qui vais venger l'honneur de mon père !

D'un geste théâtral, j'ai désigné ma mère, assise sur sa chaise, vaincue. J'avais peur d'en faire trop, de ne pas être crédible. À nouveau, un silence, plus épais, dans la communauté des crânes dégarnis. Mon père a passé une main sur sa tête, mal à l'aise.

– Tu es encore un peu jeune pour accomplir certaines tâches, a-t-il lâché, la voix tremblante.

– *La valeur n'attend pas le nombre des années !* Et puis tu m'as appris à tirer !

Et voilà que je me mettais à réciter *Le Cid.* J'ai trouvé que c'était too much comme déclaration, mais le chef n'y a vu que du feu. Il a frotté ses mains l'une contre l'autre, faisant étinceler sa bague sertie de brillants. Il s'est tourné vers mon père, avec une moue impressionnée.

– Dis donc, il parle bien, ton fils !

Mon père me fixait avec effroi. Moi, je sentais le stress tremper ma chemise.

– C'est un dur, un couillu, j'ai entendu quelqu'un murmurer.

Pendant quelques secondes, le boss a fouillé mon regard, il voulait être sûr de ma détermination. Puis un rictus a traversé son visage, qui devait avoir valeur de sourire.

– Il veut faire ses preuves tout de suite, c'est bien. Donne-lui ton révolver, Carlo.

Ma mère avait fermé les yeux et chantonnait doucement, prête au sacrifice. Les épaules de mon père se sont affaissées.

– Giacomo, enfin, je n'en demande pas tant, a-t-il murmuré.

Je me suis composé un visage à la mesure de mon personnage et je l'ai regardé d'un air froid comme la pierre. Je soumettais son âme à la torture, mais je m'en fichais. Un instant qui m'a semblé infini, il a hésité et je devinais le combat que livrait sa conscience. Devait-il se soumettre jusqu'au bout aux ordres de son clan ? Ou bien devait-il m'éviter cette épreuve ?

Je lisais dans ses yeux la stupeur de découvrir un fils plus cruel que lui.

– Alors, Carlo, tu entends ce que je t'ordonne ? a glapi le patron.

Mon père m'a tendu l'arme, en tremblant. Un instant, nos yeux se sont rencontrés. Il y avait de la douleur dans son regard mais aussi de la résignation. Il était donc prêt à tout pour servir cet empire du Mal.

Je me suis tourné vers le maître de cérémonie, en feignant la détermination, alors que la peur brûlait mes entrailles.

– Accordez-moi une faveur. Je veux accomplir mon geste à l'écart. Je veux être seul avec ma mère.

D'un geste du menton, j'ai désigné le fond du champ, en bordure de falaise.

Le patron a réfléchi quelques secondes, le nez levé vers la mouette qui passait à ce moment-là en poussant un cri rauque. L'animal lui a visiblement donné la réponse cabalistique qu'il attendait. Lentement, il m'a fait oui de la tête.

– Tu ne manques pas de courage, donc je t'accorde cette faveur.

Les hommes se sont écartés sur mon passage. D'un pas théâtral, je me suis avancé vers ma mère et je l'ai prise par la taille pour ne pas qu'elle défaille, tandis que mon autre main serrait le révolver. Lentement, on a traversé le champ en direction de la mer, qui avait des reflets titane dans le soleil jaune.

Je me suis tourné vers ma mère.

– Tu es prête pour le grand saut ?

Elle a tressailli comme si je l'avais réveillée. Elle a fixé la limite du champ et elle s'est tournée vers moi. Elle comprenait, soudain.

– On est à combien ?

– À peu près vingt mètres. C'est un record à battre !

Je cherchais à plaisanter, pour lui donner du courage.

– Je pense qu'il y a suffisamment de fond par ici, a murmuré ma mère.

À un mètre du vide, on s'est immobilisés. J'ai tourné la tête à droite, vers les hommes figés comme des totems au milieu des herbes, qui attendaient le crime et le sang. Mon père s'était recroquevillé sur lui-même.

J'ai pointé mon arme vers le genou de ma mère.

– On y va ?

Elle a souri.

– On y va.

Mon personnage pouvait regagner les coulisses.

On a fait quelques pas pour atteindre le bord du parapet. J'ai jeté mon arme, qui a ricoché sur la paroi de la falaise. Ma mère s'est élancée et je me suis jeté à sa suite dans le vide, avec l'envie folle d'en finir avec tout ça. Jamais je ne m'étais senti aussi libre.

32

Ma tête me faisait horriblement mal, probablement à cause de l'atterrissage dans l'eau, trop brutal. La paroi de la falaise était lisse comme la semelle d'un fer à repasser. Pas moyen de m'y accrocher pour reprendre un peu mon souffle…

Je me suis tourné vers ma mère, qui avait émergé à la surface et se rapprochait de moi en nageant vigoureusement. Je puisais le peu de forces qu'il me restait en la regardant avancer, petit bout de femme têtu défiant l'immensité de la mer. Au loin, je devinais la pointe Bleue et son rocher tendu comme un doigt, à cinq cents mètres… Je n'étais pas certain d'y arriver.

Mes jambes étaient douloureuses, ma tête s'enfonçait sous l'eau malgré moi. J'ai bu la tasse. Dans mes oreilles bourdonnantes, j'ai entendu des encouragements, comme un écho lointain.

– Tiens bon, Giacomo, ne lâche pas !

J'ai vu l'affolement dans les yeux de ma mère. Elle a voulu attraper mes épaules mais je l'ai écartée d'un mouvement de bras. Elle ne pourrait jamais supporter mon poids et me tirer jusqu'au rivage. Je ne voulais pas qu'elle se noie avec moi.

La paroi de la falaise restait désespérément nue, sans aspérité. Quelques secondes de repos pourtant… Je sentais mon corps prêt à capituler. J'avais les yeux à hauteur d'écume, ma bouche se remplissait de sel.

Sur ma droite, j'ai vu un objet noir poindre à l'horizon.

Tenir… retrouver mon souffle, faire avancer mes jambes et mes bras au même rythme… Un instant, j'ai pensé que c'était idiot de couler à pic, là, dans cette mer où j'avais appris à nager et où je m'étais baigné des centaines de fois. Dans l'eau, je me sentais toujours invincible.

À côté de moi, ma mère a poussé un cri de terreur.

– Il est là !

J'ai tourné péniblement la tête et j'ai vu une *feluca* grossir à vue d'œil sur l'horizon bleuté. À bord, la silhouette d'un homme. Il avançait droit vers nous.

Tant pis. Il fallait lutter jusqu'au bout, continuer à nager, vers la pointe Bleue, vers la terre que je n'atteindrais sans doute jamais. J'ai senti une crampe partir à l'assaut de mes jambes. À nouveau, j'ai bu la tasse.

Mon père n'allait pas m'avoir.

Les vagues entamaient ma résistance musculaire, je ne savais plus très bien où commençait le ciel et où finissait la mer. À nouveau j'ai avalé de l'eau. Je ne voyais plus ma mère, d'ailleurs je ne voyais plus grand-chose.

Soudain, une voix a tonné :

– Accroche-toi !

Mes bras tirés vers le haut, ma bouche enfin qui s'est mise à inspirer un air rempli d'azote. Et cette sensation de bois chaud et réconfortant contre mes jambes. Devant moi, il y avait un homme. Il m'a aidé à m'asseoir et a posé sa main sur mon ventre. J'ai craché un peu d'eau, je me suis mis à tousser. C'était drôle, j'avais l'impression de l'avoir déjà vu, ce gars-là…

Il s'est penché pour prendre mon pouls. Lui et moi, on s'est regardés.

Roberto Persiflore. J'avais l'impression de flotter, à quelques centimètres au-dessus de la barque. J'étais là, mais sans être tout à fait présent. C'est bon, j'ai pensé. Il va me remettre à la flotte, comme un vulgaire paquet, et il aura bien raison. Après ce qu'on lui avait fait, Riccardo et moi.

Persiflore m'avait reconnu lui aussi. Une stupeur pareille, sur un visage, ça ne trompe pas.

Il est resté plusieurs minutes à m'observer et, trempée à côté de lui, ma mère essayait de déchiffrer ce face-à-face muet. Il a fini par parler.

– C'est toi qui as téléphoné au service d'urgence ce jour-là ?

Je ne savais pas si ma bouche était en mesure de proférer un son, mais j'ai tenté, le tout pour le tout.

– C'est moi.

Roberto Persiflore a soupiré.

– J'en étais sûr. J'ai écouté plusieurs fois l'enregistrement des urgences et j'ai identifié ta voix.

Je n'ai rien ajouté parce que j'ai senti le besoin de tousser et de crachoter de l'eau, et puis je n'avais pas grand-chose à ajouter. J'ai vu ma mère faire un signe de croix.

C'est génial, une barque. Surtout lorsqu'elle est menée par un homme qui n'a pas l'esprit de vengeance. Sur vos indications, il vous conduit vers un grand voilier blanc, qui pointe à l'horizon, dans la mer immobile.

– C'est la première fois que j'ose sortir de chez moi et il faut que je tombe sur toi, grommelle Persiflore.

Sur le pont, il y a une fille gigantesque, surmontée d'une crinière rousse, et une femme élégante vêtue d'un chapeau en paille. Elles courent dans tous les sens. Elles me hissent à bord du bateau, avec l'aide de Persiflore, et déjà je vais beaucoup mieux.

Mais oui, je la reconnais, c'est Francesca.

Et voilà Goliarda, qui me serre vigoureusement dans ses bras.

– Au moins, j'en aurai sauvé un dans ma vie ! murmure-t-elle, la voix étouffée par l'émotion.

J'entends Francesca passer un coup de téléphone.

– Oui, monsieur le juge, il est sain et sauf. Et son salaud de père et son oncle ne sont pas très loin donc il va falloir se dépêcher de revenir ici et de les coincer.

Je regarde Goliarda et j'essaie de comprendre, malgré la brume dans ma tête.

– Depuis quand vous faites de la plaisance ?

Goliarda me sourit.

– Depuis sept jours. C'est le seul moyen qu'on a trouvé pour venir te récupérer. À terre, on nous aurait repérées tout de suite. On était persuadées que tu étais encore là.

J'entends Francesca tonner :

– Heureusement que bibi a pris des cours de navigation !

Je la vois se mettre à la barre et pousser le levier de commande du moteur.

Je suis allongé sur le pont, une couverture ramenée sur les épaules. Je suis dans un état second mais c'est plutôt agréable. Ma mère, avec son crâne rasé, est penchée au-dessus de moi. Ça lui donne une allure rock, cette coupe. Elle sourit comme jamais elle n'a souri. Au-dessus, les cieux sont d'un bleu azur réconfortant. Soudain, j'entends le bruit du moteur.

– Livia passe ses journées là-haut avec un pilote, à te faire des appels du pied ! s'exclame Francesca.

Cela ne m'étonne qu'à moitié. Cette fille n'a jamais eu les pieds sur terre, je l'ai toujours pensé.

Livia passe au-dessus du bateau, dans sa carlingue éclaboussée de soleil. Je lève les yeux vers elle. Bizarrement, la lumière ne m'aveugle pas. Je les vois, cette fille céleste et ses cheveux flottants dans le ciel éclatant. Elle me pose une nouvelle fois la question : Rodrigue, as-tu du cœur ? Mes yeux sont brûlants de joie. Je lui crie qu'elle ne doit pas en douter. Moi, je n'en doute pas. Je vois clair.

L'AUTRICE

CATHERINE DABADIE est journaliste. Son premier roman, *Au nom de l'ours*, est paru chez Actes Sud Junior dans la collection "9-12".

Ouvrage réalisé
par l'atelier graphique Actes Sud,
achevé d'imprimer sur Roto-Page
en décembre 2020
par l'Imprimerie Floch
à Mayenne
pour le compte
des éditions Actes Sud,
Le Méjan, place Nina-Berberova,
13200 Arles

Dépôt légal 1re édition : janvier 2021

N° impr. : 97213

(Imprimé en France)